Underdanig Kok og andre historier

Erika Sanders
Serie
Dominans og erotisk underkastelse

Synopsis

Denne bog består af følgende historier:
Underdanig Kok
Bedraget
Bedre en trekant

Underdanig Kok er en roman med stærkt erotisk BDSM-indhold og til gengæld en ny roman, der tilhører samlingen Erotic Domination, en serie af romaner med højt romantisk og erotisk BDSM-indhold .

(Alle karakterer er 18 år eller ældre)

Bemærkning om forfatter:

Erika Sanders er en kendt international forfatter, oversat til mere end tyve sprog, som signerer sine mest erotiske skrifter, langt fra sin sædvanlige prosa, med sit pigenavn.

Indeks

Synopsis

    Bemærkning om forfatter:

    Indeks

    UNDERDANIG KOK OG ANDRE HISTORIER ERIKA SANDERS

    UNDERDANIG KOK

    FØRSTE DEL GENSIDIG SAMTYKKE

    KAPITEL 1

    KAPITEL 2

    KAPITEL 3

    KAPITEL 4

    ANDEN DEL DEN LUKKEDE DØR

    KAPITEL 5

    KAPITEL 6

    KAPITEL 7

    KAPITEL 8

    KAPITEL 9

    KAPITEL 10

    KAPITEL 11

    TREDJE DEL DET NYE JOB

    KAPITEL 12

    KAPITEL 13

    BEDRAGET

    KAPITEL I

    KAPITEL II

    KAPITEL III

    KAPITEL IV

    BEDRE EN TREKANT

    ENDE

UNDERDANIG KOK OG ANDRE HISTORIER
ERIKA SANDERS

UNDERDANIG KOK

8

FØRSTE DEL
GENSIDIG SAMTYKKE

KAPITEL 1

Brevet var en velsignelse.

Jeg kunne næsten ikke holde mine tårer tilbage.

Cristina havde netop afsluttet sine kulinariske studier, og hendes nye cateringvirksomhed fik en stensikker start.

Han stod i sin lille lejlighed og gennemgik hvert eneste ord i det håndskrevne brev.

Kære cristina,

Jeg håber, at dette brev når dig. Undskyld mig, men jeg bruger ikke e-mail. Og jeg bryder mig generelt ikke om telefonopkald. Jeg er ude af mode.

Jeg er en bekendt af din mor. Vi mødtes kort til en fælles vens fest for flere uger siden. Din mor nævnte tilfældigt din cateringvirksomhed flere gange. Jeg tænkte over det, og det lyder interessant. Jeg har aldrig hyret en cateringfirma før.

Er du interesseret i en ny kunde, så kontakt mig, så kan vi måske lave en aftale. Jeg er en frygtelig kok. Og jeg har hørt du er meget god.

De bedste ønsker og held og lykke med din virksomhed,

Paul

Endelig tænkte hun. Held og lykke begyndte at komme hans vej.

KAPITEL 2

En uge senere.

Cristina kørte gennem det velhavende kvarter i sin gamle, forslåede bil.

Han tiltrak sig tydeligvis opmærksomhed, men han var ligeglad.

Jeg var glad for at være i dette nabolag for et potentielt job.

Han parkerede ved indgangen til den adresse, de havde oplyst ham.

Jeg anede ikke, hvordan Paul så ud.

Deres eneste virkelige interaktion var et kort telefonopkald for at arrangere mødet.

Cristina bankede på døren.

En ældre sort kvinde reagerede.

Kvinden var iført tjenestepigedragt.

Kvinden forblev mærkeligt stille, mens de så på hinanden.

"Hej," sagde Cristina akavet. "Jeg er her for at se Paul."

Den gamle sorte kvinde nikkede.

"Kom herind."

Cristina kom ind, og tjenestepigen lukkede døren.

Stuepigen førte hende op ad trappen i et ret stort hus.

Cristina så sig omkring med øjne fulde af misundelse.

Alt var gammelt, mørkt og rustikt.

Der var antikviteter overalt.

Klassiske malerier blev vist på væggene.

De kom til en gang, og tjenestepigen åbnede en dør efter at have banket på først.

Cristina kom ind, så gik tjenestepigen.

Det var et kontorlokale.

Paul sad bag sit skrivebord og arbejdede.

Han var en smuk mand på omkring 40 år.

Han havde et stenlignende udtryk i ansigtet, som var umuligt at læse.

Hans ansigt var perfekt til poker.

Hans ansigt forblev udtryksløst.

"Sæt venligst plads," sagde han.

Cristina blev skræmt af hans tilstedeværelse og hendes egen mangel på erhvervserfaring.

Jeg havde aldrig lukket en aftale før.

Hun sad foran sit skrivebord.

"Du må være ny i denne branche," sagde hun.

"Hvorfor siger du det?"

"Jeg kunne mærke din nervøsitet, da du kom ind. Du skulle prøve at slappe af. Bare rolig, jeg er her for at hjælpe dig med alt, hvad du har brug for."

Hun gav et akavet smil.

"Jeg vil huske det."

"Okay. Fortæl mig nu om din cateringvirksomhed."

"Nå, det er stadig ret nyt," sagde han efter nogle overvejelser. "Jeg kan tilberede måltider for at imødekomme dine specifikke præferencer. Hvis du har brug for catering til en fest, kan jeg ansætte flere folk. Jeg har mange venner fra kulinarisk skole."

"Det bliver ikke nødvendigt. Jeg vil hellere have, at du arbejder alene. Der er mindre ballade på den måde."

Cristina nikkede med hovedet.

"Jeg går ud fra, at du bor alene og vil have mig til at lave mad til dig?"

"Meget klog."

"Havde du en specifik aftale i tankerne?"

"Det kommer an på," svarede Paul. "Har du travlt? Har du travlt?"

Hun gav ham et flovt smil.

"Tværtimod. Du er min første rigtige klient. Jeg har lavet småting hist og her. Hovedsageligt for min mors venner, der gjorde mig en tjeneste."

"Ønsker du gratis virksomhedsrådgivning? Afslør aldrig en svaghed. Det lyder ikke godt."

"Åh, selvfølgelig. Jeg vil huske det."

"Med hensyn til en aftale," svarede Paul. "Kan du lave mad til mig? Frokost og aftensmad."

"Selvfølgelig. Det vil ikke være et problem."

"Fremragende. Jeg vil gerne have måltider leveret til mit hus kl. 11:30 om morgenen skarpt. Mandag til fredag."

"Selvfølgelig," indvilligede hun.

"Denne aftale vil i det mindste vare i de næste par måneder. Enhver af os har mulighed for at annullere aftalen til enhver tid. Forstået?"

"Ja, jeg forstår."

"Fremragende."

"Har du nogle madpræferencer?" spurgte Cristina. "Mine specialiteter omfatter franske, italienske og forskellige asiatiske stilarter..."

Han rystede på hovedet.

"Det gør ikke noget. Bare tag hende ind til tiden."

"Godt."

"Lad os nu diskutere tallene. Hvordan lyder $100 om dagen for dig? Er det fair?"

Cristinas øjne blev store.

Arbejdet og det tilbudte beløb var meget mere, end jeg havde forventet.

Hun indså, at hun måtte se fjollet ud med et hvalpeudtryk i ansigtet, så hun genvandt sin ro.

"Det lyder fornuftigt," svarede han roligt. "Ja det er fint."

"Så er det afgjort. Kan du begynde i morgen?"

"Intet problem. Men er du sikker på, at du ikke vil prøve min madlavning først?"

"Helt ærligt er jeg ligeglad med smagen af mad. Du gik i kulinarisk skole. Det er godt nok for mig. Jeg vil ikke bekymre mig om mad, mens jeg arbejder."

Cristina nikkede med hovedet.

"Okay. Jeg forstår det. Må jeg spørge, hvad du laver? Dit hus er smukt. Jeg elsker den rustikke følelse."

"Jeg har gjort flere ting i mit liv. I disse dage er jeg kunsthandler. Jeg handler også med sjældne antikviteter. I øjeblikket fokuserer jeg på mit forfatterskab."

"Hvad skriver du?" hun spurgte.

"En erindringsbog. Jeg hævder ikke at være nogen berømt eller vigtig. Men jeg har nogle historier at dele. Det ville være en skam, hvis ingen hørte dem. Jeg arbejder også på nogle skønlitterære bøger."

"Åh, det lyder interessant. Måske kan jeg læse dem en dag. Jeg elsker at læse biografier og erindringer."

Paul smilede let.

"Jeg tror ikke, du ville være interesseret."

"Hvorfor ikke?"

"Det er et gæt. Men hvem ved? Nogle gange tager jeg fejl om disse ting."

"Okay," Cristina nikkede akavet.

Paul rejste sig og gik mod Cristina.

Hun forstod og rejste sig også.

Paul var næsten en fod højere end hende.

Hans fysik tårnede op over Cristinas tynde, petite krop.

Han rakte hånden frem, og de gav hinanden hånden.

"Vi har officielt en aftale," sagde han. "Jeg forventer det første sæt måltider i morgen kl. 11.30 om morgenen. Kom ikke for sent. Jeg tolererer ikke ulydighed."

Hun slugte.

"Ja Hr."

KAPITEL 3

Cristina var stadig imponeret over mødet med Paul.

Han lagde sig på sengen og kiggede op i loftet.

Tilbuddet virkede for godt til at være sandt.

Det var næsten utroligt.

Men jeg var bange for, at det havde været en grusom joke, tænkte jeg.

Han tog sin telefon og ringede til sin mor.

Hans mor besvarede altid hans opkald med blot et par ring.

Da han tog telefonen, spildte Cristina ingen tid og forklarede ham alt.

Der blev ikke sparet på detaljer.

Cristina fortalte sin mor alt om tilbuddet og alle de følelser, hun havde, da hun mødte Paul.

"Det er vidunderligt," svarede hendes mor.

"Jeg ved det. Det er lidt vanvittigt, ikke? Men jeg tror ikke på noget af det her, før dine penge er i min hånd. Indtil da forestiller jeg mig det værste."

"Fokuser på positive tanker, Cristina. Din virksomhed er endelig ved at tage fart."

"Det håber jeg. Jeg mener, $100 om dagen for to måltider? Selvom han fyrer mig i næste uge, vil jeg stadig være glad for, at jeg tjente så mange penge."

"Det ville jeg ikke bekymre mig om."

"Hvad mener du?" spurgte Cristina.

"Tilsyneladende har Paul gode økonomiske reserver."

"Jeg indså. Hans hus var som et museum."

"Der har du det. Du behøver ikke bekymre dig om, at hans økonomi tørrer ud. Bare hold ham glad med gode måltider, god service, og kom ikke for sent."

"Hvad ved du om den fyr?" spurgte Cristina i en mere alvorlig tone. "Det virker lidt mærkeligt, ikke?"

Hans mor tænkte sig om et øjeblik.

"På en eller anden måde. Jeg mødte ham kun én gang til en fest. Han er en meget klog fyr. Ikke noget pjat. Ligetil."

"Det er bestemt ham," spøgte Cristina.

"Undervurder ham dog ikke. Han er tilsyneladende en kæreste med damerne."

"Virkelig?"

"Det er, hvad jeg har hørt. Sørg for, at du holder dig væk fra hans uimodståelige charme," jokede han.

"Meget sjovt," svarede Cristina. "Men bestemt ikke min type. For gammel. Og for kedelig."

"Jeg er glad for, at din virksomhed er kommet godt i gang."

"Vi får at se."

"Fokuser på positive tanker, Cristina."

KAPITEL 4

Der gik uger.

Cristina havde allerede forberedt snesevis af måltider til Paul.

Og hun havde tjent tusindvis af dollars i løbet af den tid.

Den daglige rutine var altid den samme.

Stå tidligt op om morgenen.

Laver mad.

Læg alt forsigtigt i beholdere.

Tag ham med til Pauls hus før 11:30 om morgenen.

Kom aldrig for sent.

Og aldrig adlyde.

En dag blev Cristina bedt om at tilberede frokosten, som hun havde medbragt, på en tallerken i køkkenet.

Så hun gjorde det.

Det var første gang, jeg udførte opgaver i Pauls køkken.

Hun var stolt af sin mad.

Han vidste, at det smagte godt, selvom Paul aldrig havde komplimenteret ham for det.

Han kom ned ad trappen i afslappet tøj.

Som altid var hans ansigt næsten udtryksløst.

Han kiggede på maden, der blev stillet på spisebordet og gad ikke kommentere det.

"Skal jeg gå nu?" spurgte Cristina akavet.

"Bliv et øjeblik. Der er noget, jeg vil spørge dig om."

"Godt."

Paul sad ved spisebordet, mens Cristina blev stående.

"Hvilke andre tjenester tilbyder du?" spurgt. "Udover at lave mad."

Cristina blev overrasket og stod fast.

Han forberedte sig på flere fremskridt.

Jeg var forberedt på seksuel chikane.

"Jeg leverer ærlig cateringservice. Jeg laver gourmetmåltider. Det er alt. Hvis du leder efter andre tjenester, foreslår jeg, at du kigger andre steder."

"Og hvorfor det?" spurgte han strengt.

"Helt ærligt, du er ikke min type."

"Du er heller ikke min type."

Hun følte sig endnu mere fornærmet.

"Se, jeg synes, vores arrangement fungerer godt. Lad os holde det sådan. Alt andet vil ikke fungere."

"Tror du, jeg beder om seksuelle tjenester?" spurgt.

Cristina frøs.

"Er det ikke sådan?"

"Jeg tror ikke på det."

Hans ansigt blev rødbede.

"Åh, jeg er ked af det, sir."

"Glem det," svarede han. "Jeg spørger, fordi min stuepige snart går på pension. Hvis du har ekstra tid, så kan du måske hjælpe mig med mine rengøringsopgaver."

"Hvad skal jeg gøre?"

"Intet svært. Rengør opvasken. Hold alt rent."

"Det skal jeg tænke over."

"Du bliver selvfølgelig godt kompenseret," svarede han. "Og bare rolig, jeg vil ikke bede dig om sex. Du er ikke min type."

Hun rødmede igen.

"Jeg er ked af det tidligere. Men jeg vil overveje det. Hvorfor ikke?"

"Vær venlig at overveje tilbuddet. Mit arbejde kører problemfrit, og jeg ville sætte pris på lidt hjælp med vedligeholdelse af hjemmet."

"Du går ikke meget ud, vel?"

"Jeg har allerede rejst verden rundt og set alt," svarede han. "I denne del af mit liv fokuserer jeg på mit forfatterskab. Nogle gange går jeg ud. Jeg elsker stadig at træne. Men jeg vil ikke bekymre mig om husholdningspleje. Du virker som en dygtig ung kvinde, så jeg tilbyder dig ekstra arbejde."

Cristina nikkede med hovedet.

"Det er meget generøst af dig."

"Med de ekstra penge kunne du købe dig en ny garderobe og en ny bil."

Hun blev lidt ked af den kommentar.

"Jeg forstår det. Jeg har brug for penge. Du behøver ikke gnide mig i ansigtet."

"Jeg prøvede ikke at gøre det."

"Okay. Jeg gør det. Jeg vil gøre nogle ekstra rengøringsopgaver for dig."

"Fremragende," svarede han med et sjældent smil. "Vi vil diskutere jorden senere."

Hun gik hen til Paul og rakte hånden frem til et håndtryk.

Paul rejste sig som en gentleman og gav hende hånden.

Aftalen blev lukket.

ANDEN DEL
DEN LUKKEDE DØR

KAPITEL 5

Det lykkedes Cristina at finde nogle andre kunder til nogle små jobs.

Men det meste af hans arbejde blev udført for Paul.

Hun tilberedte sine måltider hver dag i ugen.

Med tiden begyndte hun at arbejde mere for ham.

Hun lavede små rengøringsopgaver for nogle ekstra penge.

Cristina havde altid været en uorganiseret person, når det kom til husarbejde, så hun fandt det ironisk, at hun lavede husarbejde for en anden.

Men pengene var gode, så han var ligeglad.

Opvasken skulle renses og arrangeres på en bestemt måde.

Vinduerne skulle være uplettede.

Møblerne skulle være fri for støv.

Paul rensede selv gulvene.

Paul var en meget speciel person.

Og de træk drev Cristina til vanvid nogle gange.

Men pengene var gode.

På en måde var Cristina stolt af at hjælpe Paul.

På en eller anden mærkelig måde følte jeg, at jeg hjalp Paul med at nå sit mål om at kunne skrive sine bøger.

Hun holdt af ham som person.

KAPITEL 6

Spisebordet var ryddeligt.

Frokosten var klar.

Cristina kiggede på tallerkenen og beundrede hendes smukke arbejde.

Kulinarisk skole havde været det værd.

Han kunne ikke vente på, at Paul prøvede det, selvom Paul aldrig gav komplimenter.

Paul kom usædvanligt sent til middag.

Han kom aldrig for sent.

Døren ovenpå var lidt åben, og Cristina lyttede til, at tastaturet blev brugt rasende.

Hun vidste, at han stadig havde travlt.

Hun gik hen mod trappen og tænkte på, om hun skulle ringe til ham eller ej.

Hun ønskede ikke at afbryde sit arbejde.

Men hun vidste, at Paul var en mand, der trængte til orden.

Måske har du mistet overblikket?

Så så hun hende.

Nær trappen stod døren åben, lidt åben.

Det var et værelse, som Paul havde sagt, var forbudt.

Paul ville have mig til at rense alle værelser undtagen det værelse.

Cristinas nysgerrighed nåede sit højdepunkt.

Jeg kunne stadig høre Paul skrive ovenpå.

Hun ville tage et kig på det hemmelige rum.

Jeg ville gerne vide Pauls små hemmeligheder , uanset hvor små de var.

Hun var interesseret i ham.

Hun var interesseret i den mand, hun havde tjent i ugevis.

Han tog et par rolige skridt mod døren.

Hun stak hovedet ind.

Værelset var mørkt.

Han tændte lyskontakten, og rummet var stærkt oplyst.

Til Cristinas overraskelse var soveværelset det mindst elegante sted i huset.

Men alt lignede antikviteter.

Han gik ind og så sig omkring.

Der var en række forskellige træ- og metalanordninger.

Designene så ud til at være fra middelalderen.

Enhederne virkede store nok til, at en person kunne sidde eller ligge ned på.

Der hang adskillige piske og kæder på væggen.

Der var mange reb på et nærliggende bord.

Cristina brugte sin finger til at røre ved en metalenhed.

Hun gav ham fingeren og så på ham.

Spidsen af hans finger var dækket af et fint lag støv.

Værelset havde ikke været brugt i lang tid.

"Du burde ikke være her," sagde Paul bagfra.

Cristina blev overrumplet af lyden af hans stemme og sprang.

Hun vendte sig om og så Paul stå ved døren.

"Åh jeg er ked af det."

"Sagde jeg ikke, at dette værelse er uden for dine pligter?" spurgte han og gik henkastet indenfor.

"Jeg ved det. Men den var åben, og jeg var nysgerrig. Jeg tænkte, at du måske ville have mig til at rense den."

"Nej. Jeg havde tænkt mig at rense det selv senere."

Cristina slugte.

"Din mad er klar. Det begynder at blive koldt."

"Det kan vente," svarede han og gik ind i lokalet for at se på apparaterne . "Du må undre dig over, hvad det her handler om."

"Det ligner et middelalderligt torturkammer."

"Du har næsten ret. Nogle af disse ting blev bygget for århundreder siden i middelalderen. Men ikke nødvendigvis til tortur."

"Så for hvad?"

"Fornøjelse. Seksuel fornøjelse," svarede han ligeud.

Cristina var overrasket.

"Jeg kan ikke forestille mig hvordan. Disse ting ser så smertefulde ud."

"Det er meningen."

"Så de er i bund og grund trældomsanordninger?"

Han nikkede.

"Disse feticher har eksisteret i århundreder. Kan du tro, at disse enheder blev bygget til kongelige familier og adel?"

"Jeg ville ikke blive overrasket. De fleste rige mennesker er lidt fordærvede."

Han løftede et øjenbryn.

"Inkluderer det mig?"

"Åh, nej, jeg mente ikke dig," bakkede hun hurtigt tilbage.

"Det var bare for sjov."

Cristina slappede af.

"Selvfølgelig. Så hvorfor er alle disse ting låst inde i dette rum? Hvorfor sælger du dem ikke til et museum eller noget?"

"Måske en dag. Men indtil videre skriver jeg om dem i min bog. Jeg havde også tænkt mig at tage billeder af dem. Derfor var lokalet åbent."

"Din bog må være interessant."

"Det håber jeg," svarede han. "Jeg har skrevet om sex. Den seksuelle dominans og slaveri slags."

Cristina løftede øjenbrynene.

"Virkelig? Du virker ikke som typen til den slags."

"Så hvilken slags fyr ligner jeg?"

"Jeg ved det ikke. Blødt. Jordbær. Ingen fornærmelse."

"Ingen fornærmelse," svarede han. "Jeg var en meget anderledes person for år siden. Jeg var ikke altid så tilbagetrukket."

"Hvad ændrede sig?"

Paul gned sine fingre mod en metalanordning.

"Det er en lang historie. Du kan læse min bog, når jeg er færdig med at skrive den."

"Nå, jeg glæder mig. Det lyder som om, du har nogle interessante historier at fortælle."

"Ved du, hvad en mester er?" spurgt.

"Bare det grundlæggende," trak han på skuldrene. "En fyr, der styrer kvinder rundt. Piske. Kæder. Smæk. Den slags, ikke?"

"Sådan. Jeg har været en mester for mange underdanige kvinder. Smukke kvinder med mørke ønsker."

"Har du ramt dem?" spurgte hun nysgerrigt.

"Sommetider."

"Hvad er der galt med disse enheder?" hun spurgte. "Har du nogensinde brugt dem på dine slaver?"

"Af og til. Men metoderne er ikke vigtige. Det handler ikke om tæsk eller anordninger. Det handler om overgivelse. De giver mig deres kroppe. Og jeg gør, hvad jeg vil med dem. I sidste ende er fornøjelsen gensidig."

Cristina tav et øjeblik.

Han så Paul lige ind i øjnene og vidste, at hvert ord, han sagde, var sandt.

Hun vidste, at det var noget, Paul havde erfaring med.

Hun vidste, at det var noget, Paul længtes efter at gøre igen.

"Din mad bliver kold," sagde han.

"Er det alt, du bekymrer dig om?"

Hun frøs et øjeblik.

"Nå, catering er det, du hyrede mig til, ikke?"

"Du er en klog pige," sagde han med et lille smil. "Jeg begynder at kunne lide dig."

Paul gik hen og gav Cristina et venligt klap på skulderen.

Så vendte han sig om og forlod rummet, mens Cristina blev forvirret over det akavede møde.

Hun fulgte ham ind i spisestuen og så ham spise.

KAPITEL 7

Senere samme aften.

Det var telefonopkaldet, som Cristina havde frygtet ville komme i de sidste par måneder.

"Som?!" spurgte Cristina.

"Det er endelig tid," svarede hans mor. "Din far og jeg vil ikke længere støtte dig økonomisk. Vi føler, at du er gammel nok til at passe på dig selv."

"Du ved godt, at det er dyrt at bo i byen, ikke?"

"Skat, ingen tvinger dig til at bo i byen. Du kan altid flytte tættere på hjemmet og finde noget billigere at bo i."

"Nej tak," sukkede Cristina.

"Jeg ved ikke, hvorfor du opfører dig så overrasket. Jeg har advaret dig i de sidste par måneder. Da jeg var på din alder, jeg..."

"Tiderne har ændret mor. Har du set nyhederne? Denne økonomiske situation er svær. Leveomkostningerne er skøre"

"Men din virksomhed tager fart," svarede hendes mor.

"Knap."

"Du skal være lidt mere forretningskyndig, hvis du vil have succes. Der er så mange potentielle kunder i byen. Alt du skal gøre er at finde dem. Du er en fantastisk kok og et godt menneske. Jeg har tro på dig, Cristina."

"Ja, du har ret. Jeg tænkte på at tage kontakt til flere firmaer for at høre, om de har brug for festforplejning."

"Det er iværksætterånden," svarede hans mor stolt.

"Hvis bare livet var så nemt."

"Gode ting kommer, når du er vedholdende. Apropos det, arbejder du stadig med Paul? Hvordan går det?"

"Det går godt," sagde Cristina vagt.

"Nå? Det er det? Nogle interessante detaljer?"

"Ikke rigtig. Jeg laver mad til ham fem dage om ugen. Han betaler mig mange penge for den service, jeg yder. Han er en mærkelig fyr."

"Se, hvem der taler," spøgte hans mor.

"Sjov."

"Jeg laver bare sjov. Du har ret. Paul virker lidt fjern. Han er dog en klog fyr."

"Han er bestemt en interessant person," svarede Cristina. "Og han holder mig ansat. Så jeg kan ikke klage."

"Det skal du heller ikke. Hvis du vil have din virksomhed til at vokse, skal du altid lade dine kunder være tilfredse. Det har altid virket for mig."

Cristina stoppede et øjeblik.

"Du ved, du gav mig lige en idé."

"Jeg er ikke sikker på, at jeg kan lide lyden af det."

"Tak mor. Du er den bedste."

"Nå, pas på dig selv, Cristina. Jeg støtter dig altid. Jeg elsker dig."

"Jeg elsker også dig mor."

Efter opkaldet sluttede, havde Cristina en fast følelse af beslutsomhed.

Hun var fast besluttet på at få succes uden forældrenes hjælp.

KAPITEL 8

Den næste dag.

Cristina ventede opmærksomt, mens Paul spiste sin frokost.

Hun gjorde køkkenet rent og tog sig af noget husarbejde for ham.

Da Paul var færdig med at spise, vendte hun tilbage til spisestuen og tog tallerkenen fra ham.

Inden Paul havde en chance for at gå, stod hun foran spisebordet med en respektfuld holdning.

"Jeg har tænkt," sagde Cristina med sine hænder sammen. "Dette arrangement har virkelig fungeret godt. Jeg har stået for de fleste af dine måltider og husarbejde , så du kan fokusere på dit arbejde."

Paul lænede sig tilbage, velvidende at et frieri var på vej.

"Jeg er enig. Det her har fungeret godt. Bedre end jeg havde forventet."

"Så, hvordan ville du have det, hvis jeg ville udvide mine pligter her? For ekstra penge, selvfølgelig."

"Du gør allerede mere, end jeg har brug for. Og jeg betaler dig allerede en meget generøs løn."

"Det sætter jeg pris på," sagde Cristina høfligt. "Men du ville gavne mere, hvis jeg gjorde flere ting for dig. En kvindes berøring er altid nyttig for en enlig mand."

Paul tænkte sig om et øjeblik.

"Det er en interessant pointe. Fortsæt."

"Jeg er sikker på, at der er masser af andre ting, jeg kunne gøre for dig."

"Som hvad?"

Cristina var eftertænksom et øjeblik.

"Nå, det er op til dig. Måske kunne jeg rense de enheder i det aflåste rum. Det rum var støvet. Jeg kunne gøre noget ekstra rengøringsarbejde. Og måske kunne jeg holde en fest for dig."

"Hvorfor er du pludselig så interesseret i flere penge?" spurgte Paul.

"Jeg tror, du kunne drage fordel af en kvindes berøring. Tænk på alle de fester, du kunne holde. Folk ville elske maden. Dit sociale liv ville være fantastisk."

"Fortæl mig sandheden. Hvorfor har du brug for ekstra penge?"

Cristina holdt en pause et øjeblik.

"Mine forældre har ikke tænkt mig at give mig flere kontanter. Og huslejen i denne by er overvældende. Hvis der er andet, du skal have mig til at lave her omkring, vil jeg med glæde gøre det."

Paul nikkede sympatisk.

"Jeg kan godt lide dig som person, Cristina. Du arbejder hårdt og har det sjovt at gøre det. Men jeg har ikke tænkt mig at give dig gratis penge, især når jeg allerede betaler dig pænt."

"Jeg forstår," svarede Cristina og forsøgte at begrænse sin sorg. "Tak fordi du lyttede til mig alligevel. Jeg er tilbage i morgen."

"Jeg er ikke nået til mit sidste punkt endnu," tilføjede han. "Jeg vil prøve at tænke på noget. Noget, der passer til dine evner og egenskaber. Når jeg finder noget, giver jeg dig besked, og du vil blive belønnet for det. Lyder det fair?"

Hun smilede.

"Lyder godt".

KAPITEL 9

Dagene gik.

Paul kom aldrig med et tilbud.

Cristina spurgte ham aldrig, fordi hun ikke ville være til besvær.

Hun tilberedte Pauls frokost, som hun plejede.

Paul kom ned til spisestuen tidligere end normalt.

Han sad og ventede, mens Cristina stadig forberedte alt.

"Det ser godt ud," sagde han, da Cristina kom med tallerkenen med mad.

Det føltes virkelig som et mærkeligt øjeblik for ham at lykønske hende.

"Tak. Det er lammesteg med en side af bagte grøntsager."

Paul rejste et sæde ved siden af ham.

"Sæt dig ned. Der er noget, jeg vil diskutere med dig."

Cristina sad og ventede på, hvad han havde at sige.

"Jeg har tænkt over din anmodning om mere arbejde," sagde han. "Især om behovet for et feminint præg her omkring. Jeg vil i hvert fald komme lige til sagen, jeg kunne bruge nogle af dine som inspiration til mit forfatterskab."

"Inspiration? Hvordan så?"

"Måske kunne du posere for mig. Jeg har døjet med writer's block på det seneste, og noget at se på kan måske hjælpe."

Cristina gav et betænkeligt udtryk.

"Er du sikker på, at du ikke vil have, at jeg holder en fest for dig eller sådan noget? Det skal nok fungere bedre."

"Jeg er ikke interesseret i at holde en fest," svarede han og lænede sig tilbage i stolen. "Undskyld, jeg spurgte bare. Det var upassende."

Hun tænkte sig om et øjeblik.

"Hvor mange penge vil du tilbyde?"

"Det kommer helt an på."

"Af?"

"Af det arbejde, du vil gøre," sagde han. "Jeg har aldrig ansat en model før. Men jeg ved, at det ville hjælpe med mit forfatterskab."

"Åh, jamen, det skal jeg huske på."

"Gør det ikke. Det var en fejl at spørge. Hvis du ikke har noget imod det, vil jeg gerne spise nu. Jeg har andre ting at lave senere."

"Det vil jeg gøre!" Cristina knipsede.

"At?"

"Modeljobbet, du tilbød mig. Ingen vil vide det, vel? Det forbliver strengt mellem os, ikke?"

"Det er rigtigt," indvilligede han. "Der vil ikke være nogen registrering af det. Jeg har bare brug for inspirationen."

"Jeg er interesseret."

Paul gav et let suk.

"Jeg tror ikke, du forstår. Jeg var forhastet med mit tilbud. Jeg tror ikke, min smag er til dig."

"Hvorfor ikke?"

"Fordi du så så utilpas ud i dominansrummet."

Cristina var lidt overrasket.

Han indså pludselig, at Paul ledte efter inspiration til sine herredømmehistorier.

Men uanset det tænkte han på pengene.

"Jeg kan lære at være tryg ved det," svarede hun. "Giv mig bare tid. Så længe ingen ved det, har jeg det godt."

Paul gav ham et langt, skeptisk blik.

"Som du vil. Mød op her i morgen tidlig klokken halv otte. Vi finder ud af tingene fra da af."

"Tak skal du have."

Cristina rejste sig og rakte hånden frem til et håndtryk.

Paul rakte ud og gav hende hånden.

KAPITEL 10

Senere samme aften.

Cristina var i køkkenet og lavede mad til næste dag.

Hun vidste, at hun ikke ville have tid til at gøre det næste dag, da Paul forventede, at hun var der klokken halv otte om morgenen.

Efter at alt var forberedt, kiggede Cristina i spejlet.

Hun spekulerede på, om hun var smuk nok til at stå model for Paul.

Han undrede sig over, hvilke overraskelser der var i rummet.

Om det ville være sødt eller ej.

Og han undrede sig over, hvor mange penge vi talte om.

Paul havde altid været generøs med økonomiske betalinger.

Mest af alt undrede han sig over, hvor meget dominans Paul ønskede at se.

Cristinas rationelle side styrede situationen: penge er gode.

Og det vil ingen nogensinde vide.

Min lille hemmelighed med Paul.

Hun klædte sig af og prøvede nogle smukke outfits foran soveværelsesspejlet.

Til sidst besluttede hun sig for en simpel gul kjole.

Det var ikke for afslørende.

Og han var heller ikke særlig sart.

Det var den rigtige midterste.

Hun børstede sit hår og tænkte på, hvor meget makeup hun skulle bruge.

Så hun besluttede sig for ikke at gøre det.

Det ville gøre situationen for akavet.

Alt var klar.

Hun var klar til arbejde.

KAPITEL 11

Morgenen den næste dag.

Cristina dukkede op hos Paul klokken kvart over otte.

Hun ville sikre sig, at hun var forberedt på forhånd.

Hun havde sin gule kjole på.

Hendes hår var pænt redet og hendes ansigt var rent for makeup.

Hun var allerede naturligt smuk.

Efter Cristina havde anbragt beholderne med mad inde i køleskabet i køkkenet, sad de sammen i det private værelse på træapparaterne.

"Hvad har du i tankerne?" spurgte Cristina.

"Det kommer an på. Hvad er dine grænser?"

Cristina trak på skuldrene.

"Jeg ved det ikke. Jeg har aldrig gjort den slags før."

"Så må vi hellere finde ud af det."

Cristinas øjne scannede et kort øjeblik rummet igen.

Det var det kedeligste rum i huset.

Væggene var glatte.

Men der var gamle enheder af forskellige størrelser og former.

De så alle så skræmmende ud.

"Jeg vil holde et åbent sind," sagde han. "Men jeg kan ikke lide smerte. Og jeg vil ikke have, at du presser mig for hurtigt. Der er ingen grund til at skynde sig. Okay?"

Han nikkede.

"Tak, fordi du var klar. Du skal vide, at jeg er en meget tålmodig mand. Jeg har gjort dette i mange år med utallige underdanige kvinder. Jeg presser aldrig hårdere på, medmindre hun er klar."

Disse ord sendte en mærkelig følelse op i Cristinas rygrad.

Jeg kunne ikke lade være med at tænke på sætningen "underdanige kvinder."

I løbet af et øjeblik indså hun, at hun meget vel kunne være i samme position som de 'underdanige kvinder'.

"Okay," nikkede hun. "Tak. Så hvordan skal vi starte?"

Paul rejste sig og gik langsomt rundt i lokalet og kiggede på hver af enhederne, mens Cristina sad i en anstendig stilling.

Han så på hver enhed på en måde, der gjorde Cristina nervøs.

"Har du nogensinde været bundet før?" spurgte Paul.

Cristina rystede på hovedet.

"Tydeligvis ikke."

"Vil du gerne være?"

"Ved ikke."

Han gestikulerede mod træbordet.

"Hvorfor ikke prøve?"

"Jeg ved det ikke," trak hun nervøst på skuldrene.

"Er det for meget for dig? Jeg har brug for at se noget til inspiration. At se dig sidde der, vil ikke hjælpe mig meget."

Cristina rejste sig langsomt og tog en dyb indånding.

"Jeg vil gøre, hvad du vil."

"Er du sikker? Cristina, jeg vil ikke have, at du gør noget, du ikke er tryg ved. Jeg kan finde andre måder at betale dig på."

Hun tog endnu en dyb indånding.

"Nej, det er jeg sikker på. Vi nåede til enighed om at modellere, og jeg agter at komme videre."

"Er du sikker?"

"Ja, helt."

"Så læg dig ned," sagde Paul og pegede mod træbordet.

Bordet så smerteligt ubehageligt ud.

Det så gammelt og rustikt ud.

Men den var lav nok til, at en person nemt kunne ligge på den.

Der var gamle metalstænger på hver side af bordet, hvilket gav Cristina en ubehagelig følelse.

Han lagde sine følelser til side og lænede sig tilbage på bordet.

Det var smertefuldt og ubehageligt, som hun forventede.

Hun var overbevist om, at bordet var designet til tortur, ikke fornøjelse.

Han undrede sig over, hvordan nogen kunne have glæde af sådan noget.

Han lagde sig midt på bordet og kiggede direkte op i loftet.

"Jeg skal binde dine håndled," sagde han og rejste sig over hendes hoved.

Hun forblev stille et øjeblik, mens hun så på Pauls skikkelse, der stod over hende.

"Okay," svarede hun og holdt sine håndled op. "Frem."

Paul tog forsigtigt hendes håndled og førte dem hen til metalstangen på bordet.

Baren var kold, som hun forventede.

Teksturen mod hans hud var ikke særlig glat, hvilket var et tegn på, at stangen var lavet for længe siden, før moderne maskiner.

Han mærkede sine håndled blive bundet til stangen med et tykt reb.

Cristina gad ikke kigge.

Hun holdt blikket på loftet.

"Gør ondt?" spurgt.

"Jeg har det ikke godt."

Hans skridt blev hørt i hele rummet.

Cristina gad ikke se på Paul.

Men han spekulerede på, hvad Paulus måtte tænke.

At se hende i en smuk kjole, med håndleddene bundet, må være spændende for Paul, tænkte han.

"Fortæl mig det igen," sagde han. "Hvad er din grænse?"

Hun slugte.

"Bare ikke såre mig."

"Må jeg åbne din kjole?" spurgte han med en blød stemme.

"Nej, ikke det."

"Så har du vel andre grænser," svarede han med en lille morskab.

"Jeg tror."

"Må jeg røre dig?" spurgt. "Det er helt fint, hvis du nægter. Men siden vi er nået så langt, og du ser bestemt attraktiv ud."

"Hvis du vil," svarede han frygtsomt.

"Det handler ikke om, hvad jeg vil. Det handler om, hvad du er tryg ved."

Han kæmpede med sine tanker et øjeblik.

"Jeg er tryg ved det. Det er okay. Gå videre, hvis du vil. Jeg mener, jeg er tryg ved det."

"Er du sikker, Cristina? Jeg vil ikke lægge pres på dig, hvis du ikke er tryg."

"Så længe du ved..."

"Så længe jeg kompenserer dig økonomisk?" spurgte han halvt underholdt.

Hans tonefald og frasering fik Cristina til at føle sig endnu mere utilpas.

"Ja," svarede hun.

"Det behøver du ikke bekymre dig om".

Cristina forventede en mere sarkastisk vittighed som svar, men Paul var færdig med at tale.

Han gik hen til hende, mens hun fortsatte med at ligge på bordet.

Cristina så ham kigge på hendes krop.

Hun var tydeligvis nervøs.

Hun vidste ikke, hvad han planlagde.

Hans øjne festede og strejfede hen over hendes krop.

Endelig blev det besluttet.

Og han gjorde sit træk.

Paul rakte ned og rørte ved Cristinas knæ.

Det var en pludselig berøring, der overraskede hende.

Hun rystede.

"Er du okay, Christina?"

"Jeg har det fint. Det havde jeg bare ikke forventet."

Han gled sin hånd længere ned på hendes lår.

Hans hånd gled dybere, indtil den var under hendes gule nederdel.

Det gjorde Cristina utilpas, men det fik hende også til at føle, at hun snurrede mellem benene.

Hans øjne forblev fokuseret på loftet.

"Har du noget imod, hvis vi fortsætter videre?" spurgt. "Vi er allerede nået så langt."

"Gå videre. Jeg er ligeglad."

"Er du sikker?"

"Jeg er sikker."

Paul løftede Cristinas nederdel og skubbede hende op.

Hendes trusser var blotlagt.

Paul gled sin hånd ind under Cristinas trusser.

Naturligvis rystede hun igen, men holdt sig tilbage.

Pauls hånd gned sig i skridtet.

Cristinas krop og fødder spændte.

"Du skal slappe af," sagde Paul. "Ellers vil det ikke gøre meget godt."
"Godt."

Cristina gjorde alt, hvad hun kunne for at slappe af i sin krop.

Hans øjne forblev på loftet.

Hun følte sig for flov til at se på Paul.

Hun tillod ham simpelthen at kærtegne hendes skridt.

Hun gispede, da Paul legede med sin klit.

Det var et skridt, jeg ikke havde forventet.

Hans naturlige instinkt var at række ud og skubbe Pauls hånd væk, så dække sig til og så slå Paul hen over ansigtet, men rebene omkring hans håndled var stramme.

Hun rykkede blidt, men uden held.

"Forsøger du at komme ud?" spurgte Paul. "Hvis du vil ud, så sig det bare til mig, så løsner jeg dig med det samme."

"Jeg er ked af det. Det var et knæfald."

"Jamen, lad være med at reagere sådan. Det er ikke den reaktion, jeg ønsker."

"Det er fint, jeg er ked af det."

Pauls fingre bevægede sig i en rasende cirkulær bevægelse over hendes hævede klitoris.

Cristina havde intet andet valg end at gispe.

Hun var for chokeret til at rumme sine følelser.

Fingrene stoppede ikke.

Det var en dejlig fornøjelse.

Hun lukkede øjnene og nød Pauls fornøjelse.

Det var en prikkende fornemmelse, der strømmede gennem hans krop.

"Jeg kan fortælle, at du er tæt på," sagde han. "Slap af. Det er næsten slut."

Med lukkede øjne tillod Cristina sig selv at nyde Pauls fingre, mens de glædede sig over hendes sarte lille klitoris.

Der gik øjeblikke, før Cristinas fingre stivnede.

Korte gispende lyde undslap hans læber.

Hans øjne klemte sig sammen.

Hans muskler trak sig sammen.

Det var en orgasme, der var velfortjent af alle spændingerne i hendes liv.

Til sidst slappede hendes krop af, og Paul fjernede sin hånd fra hendes trusser.

Han flyttede hendes kjole tilbage til dens rigtige position.

Hun klappede Cristina på låret, som om hun havde gjort noget rigtigt.

"Du nød det bestemt," sagde Paul, da han begyndte at løsne hendes håndled.

Cristina følte sig befriet.

Hun rejste sig op og gned sine håndled, som var lidt røde og ømme fra rebet.

Den orgasmiske følelse hjalp med at modvirke smerten.

"Jeg kunne lide det," svarede hun. "Det var dejligt. Rigtig dejligt. Gud, jeg har ikke haft det sådan her i lang tid. Jeg mener, ikke så godt, som du gjorde det."

"Jeg er glad for, at du nød det. Det bragte en masse minder frem, som vil hjælpe mig med mit forfatterskab. Du var en vidunderlig lille inspiration for mig."

"Jeg er altid glad for at være til din tjeneste."

"Fremragende," var han enig. "Jeg vil være sikker på at tilføje en bonus til din check i slutningen af måneden. Jeg tror, du har tjent fem tusinde dollars ekstra for dette."

Overraskende nok følte Cristina en følelse af skam.

Hun vidste, at Paul mente det godt.

Han satte pris på de ekstra fem tusinde, hvilket var meget mere, end han havde forventet.

Men en skyldfølelse invaderede hende, som om hun lige havde solgt sin krop og sin seksualitet for nemme penge.

Det fik hende til at føle sig uren og beskidt.

"Jeg er ikke en hore," udbrød hun og fortrød det øjeblikkeligt.

"Det har jeg aldrig sagt, du var."

"Jeg er ked af det," svarede hun. "Jeg sætter virkelig pris på alt. Men jeg har aldrig brugt min krop sådan, du ved, til at tjene penge."

Paul rystede på hovedet, skuffet over sig selv.

"Vær ikke ked af det. Det er min skyld. Jeg skyndte mig med dig. Jeg skulle ikke have bedt dig om at stå model for mig."

Cristina rejste sig og fiksede sin kjole.

"Jeg nød det," sagde han. "Det gjorde jeg virkelig. Men det var lidt mærkeligt for mig. Måske kan vi gøre det en anden gang? Bare lidt langsommere."

"Det tror jeg ikke. Det er tydeligvis ikke noget for dig."

Cristina gav et genert blik, da følelsen af orgasme stadig strømmede gennem hendes krop.

"Jeg laver din frokost nu," sagde han.

"Jeg kan gøre det selv. Du kan gå."

Hun nikkede lydigt.

"Jeg er glad for, at vi gjorde det her."

"Også mig," svarede han. "Men vi burde aldrig gøre det her igen. Vi ses på mandag."

Cristina nikkede, velvidende at Paul allerede havde taget en bestemt beslutning.

Der var nu en subtil kejtethed mellem dem.

Efter at have udvekslet et par ord mere gik hun og spekulerede på, hvad Paul tænkte om hende.

TREDJE DEL
DET NYE JOB

KAPITEL 12

Senere samme aften.

Cristina sad ved sin computer og ledte efter måder at få nye kunder på.

Han sendte mindst et dusin e-mails til forskellige virksomheder for at promovere sin cateringvirksomhed.

Jeg forventede ikke meget af et svar, men det var et forsøg værd, og jeg havde intet at tabe.

Telefonen ringede.

Det var hans mor, der ringede for at tjekke igen.

De lavede deres sædvanlige småsnak, og der var ikke meget at sige.

"At drive min egen virksomhed er svært," beklagede Cristina.

"Forventede du, at det ville være nemt?"

"Jeg ved ikke, hvad jeg forventede. Jeg gider ikke arbejde hårdt. Jeg elsker at lave mad til andre mennesker. Men gud, jeg har brug for flere kunder."

"Efter min erfaring er forretning, hvem du kender," svarede hans mor. "Meget forretning kommer fra personlige forbindelser. Så gå ud og prøv at møde nye mennesker i stedet for at søge online."

"Det giver mening, tror jeg."

"Jeg tror? Hvornår tager jeg fejl?"

"Ved ikke."

"Lyd ikke så deprimeret, Cristina," sagde hendes mor. "Mange mennesker kæmper med en ny forretning. Bare bliv ved med at prøve."

"Tak mor."

"Hvordan går det med Paul? Betaler han dig stadig pænt?"

"Det er kompliceret," sukkede Cristina. "Men ja, han betaler stadig godt."

"Han virker som en kompliceret fyr."

"Du kender ikke halvdelen af det."

Der var en pause i telefonen.

"Har han prøvet noget med dig?" spurgte hendes mor forsigtigt.

Cristina var hurtig til at lyve.

"Nej. Selvfølgelig ikke."

"Du kan fortælle mig sandheden. Jeg er her for dig."

"Mor, han er ikke min type. Hvis han nogensinde lavede et træk, ville jeg slå ham i hovedet med det, han lavede den dag."

"Det lyder som ånden i den Cristina, jeg kender," grinede hendes mor.

"Hypotetisk set, hvad hvis jeg gjorde det? Jeg mener, hvordan ville du have det med det?"

"Hvis Paul tog et skridt?"

"Ja," svarede Cristina. "Hvordan ville du have det?"

Der var endnu en pause på linjen.

"Det er vel op til dig. Hvis han bad dig ud, er det din beslutning."

"Virkelig?"

"Det er din beslutning, Cristina. Men hvis han prøvede at røre ved din numse i køkkenet, så vil jeg foreslå, at du hælder noget af din berømte varme sauce over hovedet på ham."

"Selvfølgelig gør jeg det," svarede Cristina med en sarkastisk stemme.

"Det ser ud til, at du har noget på hjerte."

"Ikke mere. Tak mor, du er den bedste. Jeg er nødt til at forlade dig."

"Farvel jeg elsker dig."

"Jeg elsker også dig mor."

Opkaldet sluttede, og Cristina lænede sig tilbage i sin stol.

Hun tænkte på Paul og den orgasme, hun fik den dag.

Han huskede stadig følelserne tydeligt.

Hver berøring, hver følelse.

Følelsen af hårdt træ mod hans krop.

Følelsen af Pauls hånd mod hendes fisse.

Og frem for alt orgasmen.

Domination var aldrig hans ting, men det føltes godt.

Han søgte på nettet og søgte efter forskellige udtryk.

Det fik hende til at føle sig som en universitetsstuderende igen, mens hun researchede.

Han foretog flere søgninger på slaveri og dets fornøjelser.

Hun kiggede på flere billeder.

Det tændte hende igen, og hun gled en hånd ned i sine trusser.

KAPITEL 13

Mandag om morgenen.

Cristina gjorde en indsats for at se godt ud, da hun gik til Pauls hus.

Hun var iført en blå kjole og hendes hår var velkæmmet.

Paul var ikke meget opmærksom på hendes udseende, da han åbnede døren for at lukke hende ind.

"Vi kan tale?" spurgte Cristina. "Om forretninger mener jeg."

"Selvfølgelig."

"Fantastisk. Vent."

Cristina stillede maden i køkkenet og gik hen til den rummelige stue, hvor Paul havde siddet.

Hun sad foran ham.

"Jeg har tænkt meget i weekenden," sagde han. "Om vores forhold."

"Også mig," sagde han og lod hende ikke afslutte sine tanker. "Jeg synes, vi skal afslutte det her. Det er klart for mig, at vores forretningsforbindelse er blevet kompromitteret. Jeg er allerede begyndt at lede efter en afløser til mit husholdningsbehov."

Cristina frøs et øjeblik, da nyheden langsomt sank ind.

"Hvad? Nej. Det var ikke det, jeg ville."

"Jeg tror, det er det bedste," svarede han. "Du er en lys ung kvinde. Du vil finde din plads i denne verden."

Det forbløffede blik forblev i hans ansigt. "

Det var ikke, hvad jeg forventede at høre. "Jeg troede, vores samtale ville være meget anderledes."

"Hvad havde du forventet?"

"Jeg kom her for at fortælle dig, at jeg var interesseret i at fortsætte, du ved, hvad vi lavede i fredags."

Han løftede et øjenbryn.

"Virkelig? Og hvorfor vil du det?"

"Behøver jeg virkelig at sige det?"

"Ja."

Hun tog en dyb indånding.

"Det er klart, at jeg nyder at arbejde her. Jeg nyder fordelene. Jeg synes, du er en fantastisk chef, det bedste, jeg kunne have. Og det, vi lavede i sidste uge, i stuen, kunne jeg rigtig godt lide. Jeg tror, jeg var bange i starten , men jeg tænkte meget, og jeg ville ikke have noget imod, hvis vi fortsatte."

"Interessant."

"Så du tænker?" hun spurgte.

"Du er ikke så genert, som jeg troede. Jeg havde aldrig forventet, at du ville komme og fortælle mig disse ting direkte. Jeg er imponeret."

Hun smilede, "tak."

"Hvad skal der så ske?"

"Jeg ved det ikke," trak han akavet på skuldrene. "Det er op til dig. Men jeg vil gerne have, at vores forretningsforbindelse fortsætter."

"Vær modig, Cristina. Fortæl mig, hvad der derefter sker. Lige i dette øjeblik. Jeg vil gerne vide, hvad du tænker på. Overrask mig."

Hun samlede mod og gav Paul et blik af beslutsomhed.

Hans læber strammede sig sammen og hans næse krympede lidt.

Hendes øjne var rettet mod Paul, som var stoisk og ventede på, at hun skulle gøre noget modigt.

Cristina rejste sig og børstede sin kjole med hænderne.

Hans fingre viklede sig om stropperne på hendes kjole.

Hun skubbede stropperne til side og flyttede sin krop, så kjolen faldt på gulvet.

Hun stod foran Paul i sin hvide bh og trusser, med sin smukke kjole om anklerne.

"Hvad laver du?" spurgte han følelsesløst.

"Jeg viser min dedikation til at arbejde."

"Måske har du misforstået mig. Jeg tror ikke, det er den rigtige vej for dig."

"Du siger ikke, at jeg skal stoppe," svarede hun. "Og jeg hører dig heller ikke klage."

Pauls øjne strejfede hen over hendes letpåklædte krop.

Hun havde en gennemsnitlig bygning, lidt tynd.

Små bryster og smalle hofter.

Det var tydeligt, at han sjældent trænede, da hans muskeltonus var svag.

"Du er ret attraktiv," bemærkede han.

Hun tog sin kjole af og tog flere skridt frem, indtil hun stod lige foran Paul.

"Her er aftalen," sagde han dristigt. "Den nye aftale. Jeg vil være din eksklusive udbyder. Jeg vil også være din model, når du synes, det er nødvendigt. Du kan få mig til at sperme, hvis du vil. Hvis jeg har det rigtig godt, vil jeg give tilbage gratis."

Han løftede et øjenbryn.

"Vil du gengælde tjenesten?"

"Jeg får dig til at komme. Gratis. Jeg er ikke prostitueret. Tænk på det som en tilfredsstillelse fra en taknemmelig modtager."

"Det lyder som et usædvanligt forretningsforhold."

"Vi er alligevel allerede gået over stregen," sagde han.

"Jeg bliver nødt til at overveje det."

Cristina rakte ned og tog fat i Pauls håndled og flyttede hans hånd til hendes trusser.

Han rørte ved ydersiden af hendes trusser og gned mellem hendes ben.

"Tænk hurtigt," sagde hun. "Ellers trækker jeg tilbuddet tilbage."

Han gav et halvhjertet smil.

"Den modige nye Cristina. Jeg kan godt lide hende."

"Også mig."

Paul pressede fingrene hårdere mod Cristinas trusser.

Hun stønnede ved den varme berøring.

Hun stønnede endnu mere, da Paul gled sin hånd ind i hendes trusser og rørte ved hendes bare fisse.

Hun var spændt, og der var ingen tvivl om det.

"Du er våd," bemærkede han og kiggede på hende.

"Jeg ved."

"Tag din bh af. Lad mig se dig."

Cristina rakte ud for at hægte sin bh af og smed den på sofaen.

Hendes muntre små bryster blev sluppet.

Hendes brystvorter var lyserøde og små.

De hærdede hurtigt af den kolde luft og tydelig seksuel ophidselse.

Hun modstod trangen til at dække sine bryster med hænderne, fordi hun altid havde følt sig usikker på hans bryst.

Men hun prøvede at være modig og skubbede brystet frem.

"Du kan lide dem?" hun spurgte.

"Jeg elsker enhver kvindes bryster. Hver enkelt er unik og speciel på deres egen måde. Dine er ingen undtagelse. De er dejlige."

"Tak min Herre."

" Herre?" spurgte han retorisk. "Jeg tror, du ved, hvad jeg kan lide."

"Og hvad kan du lide?" spurgte hun frygtsomt.

"Ejendom."

"Åh..."

Paul brugte begge hænder til at trække Cristinas trusser til gulvet og efterlod pigen helt nøgen fra top til tå.

Han rejste sig og tog Cristina i hånden.

"Følg mig," sagde han. "Der er noget, jeg gerne vil vise dig."

Han førte Cristina ned ad gangen, mens han holdt hendes hånd på en romantisk måde.

Cristina var nervøs, men hun fortsatte i sit tempo.

Hun vidste, at de var på vej mod trældomsrummet.

Idéen gjorde hende spændt og nervøs.

Døren stod på klem, og Paul åbnede den.

Han tændte lyset og de gik ind.

Luften var kold, hvilket gjorde Cristinas brystvorter endnu hårdere.

Hans blik skiftede rundt, og han undrede sig over, hvad Paul havde planlagt.

"Du har et nyt sæt af ansvar," sagde Paul. "Jeg forventer fuldstændig lydighed. Jeg forventer, at du altid er nøgen. Forstår du?"

"Ja, jeg forstår."

"Bøj dig over bordet," sagde han. "På din mave. Jeg vil binde dig. Jeg vil have, at du kommer igen."

"Ja Hr."

Cristina kiggede skræmmende på bordet.

Det var et andet bord end det forrige.

Men det virkede lige så ubehageligt og smertefuldt.

Træet så gammelt ud, og metalrammen også.

Der var ingen grund til at klage.

Hun gjorde, som hun fik besked på, og lagde sine bare bryster og mave på træbordet.

Det var mere ubehageligt, end jeg havde forventet.

Træet var koldt og stak i hendes følsomme brystvorter.

Hans øjne kiggede mod jorden.

Hun hørte Paul gå rundt i lokalet, før hun nærmede sig hende.

"Jeg vil binde dig," sagde han. "Slap af i arme og ben. Dette er en simpel proces, hvis du er rolig."

"Godt."

"Er du sikker på, du vil have det her?"

"Ja," svarede hun.

"Fordi?"

"Fordi jeg vil sperme igen."

Cristina modtog ikke et svar.

I stedet mærkede hun Paul binde hver af hendes ankler til bordets kolde metalstel.

Det var ubehageligt og lidt skræmmende.

Hver knude var meget stram.

Rebet var tykt, hvilket gjorde ondt på hans hud.

Den samme proces blev udført på deres håndled.

Hver dukke blev bundet til metalrammen på samme måde.

Da han var færdig, var hans ankler og håndled stramt bundet til bordet.

Hun lå med forsiden nedad med bar mave og hendes bryster presset tæt på træoverfladen.

Det var en ganske skræmmende følelse at vide, at hun havde givet Paul absolut magt over sin krop.

Hun var tydeligt og fuldstændig hjælpeløs.

Noget ramte hendes bare bund.

Det føltes hårdt, men samtidig blødt.

Jeg var ikke sikker på, hvad det var.

Så mærkede hun Pauls fingre stryge mod hendes numse.

"Har du noget imod, hvis jeg rører ved dig sådan?" spurgte han og vidste svaret.

"Ingen."

"Godt. Jeg kan godt lide din hud. Du er meget øm..."

Pauls hånd strejfede over hendes røv og mærkede hver eneste kurve.

Han masserede hver af hendes balder med sine stærke hænder.

Så mærkede han noget hårdt røre ved hans numse igen.

Den havde en glat buet overflade.

"Hvad er det?" hun spurgte.

"Det er en vibrator. Har du nogensinde brugt en før?"

"Ingen."

"Vil du gerne mærke det?"

"Det er jeg åben over for."

"God pige."

En summende lyd lød pludselig i rummet og sendte et gys ned ad Cristinas rygrad.

Hans øjne forblev rettet mod jorden, mens han lyttede til den summende lyd.

Hendes krop rystede voldsomt i det øjeblik, hvor summen rørte spidsen af hendes klitoris.

Det var smertefuldt, på en dårlig måde og på en god måde.

Hun prøvede at bekæmpe den og kæmpede mod rebene, hvilket var nytteløst.

Brummen stoppede.

"Skal vi afslutte det her?" spurgt.

"Nej. Vær venlig, nej. Jeg holder op med at bevæge mig."

"Få fat i Cristina."

Summen vendte tilbage, da vibratoren blev aktiveret igen.

Han rørte ved hendes klit, og Cristina gjorde sit bedste for at holde sig stille.

Hun bekæmpede trangen til at kæmpe, da hun accepterede følelsen af vibrationer mod sit mest følsomme område.

Det fik fingrene til at krølle voldsomt.

Han bed tænderne sammen, da han lukkede kæben.

Hans næver knyttede sig hårdt.

At få sin klit tortureret med en vibrator var det sidste, hun forventede.

Det summede og summede.

Spidsen af vibratoren blev holdt mod hendes klit, indtil hun troede, at hun ville eksplodere.

Lige før hun var ved at skrige af smerte, flyttede Paul vibratoren og skubbede den ind i hendes fisse.

Det var en surrealistisk følelse.

Det var længe siden, hun var blevet penetreret med andet end fingrene.

Vibrationen inde i hendes fisse var en blanding af smerte og nydelse.

Paul skubbede og trak dygtigt i sexlegetøjet.

Cristina gjorde alt, hvad hun kunne for ikke at skrige.

"Har du det sjovt med det her?" spurgte han spøgende.

Cristina gispede.

"Jeg...jeg...øh..."

"Ja eller nej?"

"Ja! Gud, ja."

Paul skubbede enheden længere ind i Cristinas fisse, hvilket fik hende til at gispe mere.

Han var næsten forpustet, da han kom helt ind i hendes krop.

Hans arme og ben trak i rebene, men til ingen nytte.

Hun var fanget med den kraftige vibrator inde i sin våde skede.

"Er du tæt på?" spurgt.

Hun kæmpede for ord.

"Ja næsten..."

"Cum for mig, skat."

Vibratoren blev skubbet og trukket ind i Cristinas fisse nådesløst.

Hun forsøgte at slappe af i sin krop, hvilket altid gjorde det lettere for hende at få orgasme.

Hun gjorde sit bedste for at slappe af sine vaginale muskler fra strækningen, så Paul fik sin vilje.

Hendes orgasme var nært forestående på grund af vibratoren.

Og det var en orgasme ulig nogen, jeg nogensinde havde følt før.

At blive bundet og slået, mens en vibrerende genstand skubbes ind i hendes fisse, var en potent kombination.

Cristinas tæer buede sig yderligere, og hendes næver knyttede sig strammere.

Hver muskel i hans krop trak sig sammen.

Hendes gisp og støn blev hårdere.

"Oh my God... Oh my God... Oh my God..."

Pludselig blev enheden skiftet til en højere hastighed, og vibrationerne blev meget stærkere.

Cristina skreg af den kraftige vibration, da hun blev skubbet og trukket ind i hendes fisse.

Hun græd.

Hun hulkede derefter ukontrolleret, mens hun nåede sit klimaks.

En bølge af væske fossede inde fra hendes fisse, hvilket skabte rod på bordet og efterlod en vandpyt på det hårde gulv.

Der kom flere stød fra kraftvibratoren, indtil væskerne stoppede.

Paul fjernede vibratoren fra Cristinas fisse, som lavede en høj brummende lyd.

Så slukkede han den.

Da det vaginale overfald endelig var overstået, var Cristinas fisse et dryppende rod.

Hendes våde var som en lille orgasmisk flod.

Hendes fisse glimtede af hendes vaginale væsker.

Bordet var vådt.

Og væskerne faldt på gulvet som en utæt vandhane.

Cristina var knap ved bevidsthed, da hun langsomt genvandt sin ro.

Det var langt den bedste orgasme, hun nogensinde havde oplevet i sit liv.

Han hørte Pauls fodtrin nærme sig hans hoved.

Paul lænede sig ned og kyssede hendes hår.

Hun undrede sig over, hvorfor Paul ikke havde løsnet hende endnu.

"Vi er... vi er... færdige..." nåede han at tale.

"Ikke endnu. Kan du huske dit løfte?"

"Hvilken en af dem?" stønnede hun.

"Du sagde, at hvis jeg fik dig til at komme, så ville du gengælde tjenesten. Så hvordan føltes din orgasme?"

"A...fucking...utroligt," udbrød han.

Paul smilede til ham.

"God pige. Nu, har du lyst til at returnere tjenesten?"

"Ja sir. Vil du løsne mig?"

"Jeg kan lide dig i denne position."

Cristina hørte lyden af Pauls bukser, der åbnede sig.

Hun vidste præcis, hvad Paul ville.

Han stod stadig lige ved siden af hendes ansigt, hvilket betød, at han ikke var interesseret i at kneppe hende, i hvert fald ikke den pågældende dag.

Han så op, da Paul rykkede tættere på hans ansigt.

Hun så hans hårde pik pege direkte på hendes læber.

Det var tydeligt, hvad han ville.

Med et vellystende hjerte åbnede Cristina munden, da Paul tog endnu et skridt fremad og trådte ind mellem hendes læber.

Der var ingen følelsesproces og ingen tid til at tilpasse sig.

Paul skubbede simpelthen sine hofter frem, så Cristina kunne sutte, som en god underdanig burde.

"Min Gud. Du har læber som en engel," sagde han, imponeret over, hvad han mærkede på sin pik.

Oralsex var aldrig Cristinas ting.

Hun var aldrig særlig god til det, og det var aldrig hendes præference at gøre det.

Men med Paul var hun ivrig efter at behage ham.

Især med den kraftfulde orgasmiske følelse, der stadig strømmer gennem hendes krop.

Hans mangel på færdigheder var ikke et problem, da hans krop stadig var spændt fast til bordet.

Paul gjorde alt arbejdet og skubbede forsigtigt sine hofter frem og tilbage.

Det eneste, han havde brug for, var en varm mund at kneppe.

Det eneste, Cristina skulle gøre, var at holde læberne tæt omkring Pauls hårde lem og sutte.

"Fuck, jeg kommer til at komme," knurrede Paul. "Og du kommer til at sluge det."

Hans følelse af kommando var spændende for Cristina, af en grund, hun ikke kunne forstå.

Hun mærkede Pauls hænder gned hendes hår, mens hun suttede.

Hun mærkede hans lem blive endnu stivere inde i hendes mund.

Hun gjorde sit bedste for at bruge sin tunge på hans lem, som hun altid havde fået at vide, føltes godt.

Hanen sank ind i hendes mund og fik hende til at kneble.

Gag -refleksen var forfærdelig.

Men Paul forestillede sig, hvor meget Cristina kunne klare, så han pressede aldrig for hårdt på.

Det var tegn på en professionel, tænkte hun ved sig selv.

Hun så, mens Paul strøg sig selv til orgasme, mens spidsen af hans erektion stadig var inde i hendes mund.

Hun holdt læberne tæt lukket omkring ham.

Paul knurrede, mens han strøg hende rasende.

Sekunder senere var hendes tunge dækket af Pauls sperm.

Jet efter jet.

Det havde en anden smag.

Hun slugte hårdt for at forhindre, at hendes mund løb over.

Sekunder senere stoppede sædstrømmen, og Cristina slugte det hele.

"Åh min gud," sagde Paul og trak sin pik ud af hendes mund. "Det var vidunderligt. Hvor har du lært at sutte sådan?"

Han bøjede sig et øjeblik, før han rejste sig for at lyne sine bukser op.

Så bøjede han sig ned for at løse Cristina.

Da hun blev befriet, kærtegnede hun sine egne håndled og ankler, som havde mørkerøde mærker.

Hun indså hurtigt, at hun stadig var helt nøgen, og at hun var ligeglad mere.

Hun kunne godt lide at være nøgen foran Paul.

"Jeg nød virkelig hele oplevelsen," bemærkede han selvsikkert.

Paul rørte ved hendes hals og kyssede hendes pande, så mere på hendes kinder.

Til sidst plantede han flere kys på hendes hår.

"Også mig. Vores partnerskab kommer til at fungere meget godt. Tænk på alle de muligheder, vi kan dele sammen."

"Jeg ved."

"Du er som en sommerfugl, der vokser for mine øjne," sagde han.

"Det hele er din skyld," smilede han. "Nu, hvis du vil undskylde mig, så lavede jeg noget helt særligt til frokost. Du vil elske det. Jeg er sikker på, at du har fået appetit, så jeg må hellere lave det nu."

Cristina rejste sig og gik nøgen hen mod døren.

Der var tillid til hans gang.

Hun elskede at være nøgen.

Det var sjovt.

Væsker dryppede ned af hendes ben.

Smagen af sperm var stadig i hendes mund.

Så stoppede hun, da hun nåede døren, og vendte sig om for at se på Paul, stolt af sin nøgne krop.

Hun fortalte ham, at han ikke skulle bekymre sig om rodet i stuen, hun ville rydde op senere.

Det var en del af hans nyfundne pligter.

BEDRAGET

KAPITEL I

Becky hørte nøglen klikke i låsen.

Han løb ned ad trappen, tændte lyset i gangen og åbnede døren.

Jack stod der i regnen, hætten trukket over hovedet, nøglen stoppede i hans hånd, mens hans mørke øjne stirrede på hende.

"Åh min Gud, du er kommet," sagde Becky glad.

Hun sprang frem og slyngede sine arme om hans skuldre og krammede ham og mærkede regnen, der dækkede hendes frakke, sive ind i toppen af hendes tætsiddende tøj.

Hun var ligeglad.

Hendes mand var her, og det var alt, der betød noget.

Hun slap Jack fra sin overstrømmende omfavnelse og lagde sine gennemblødte hænder på hans ansigt.

Hans alvorlige udtryk havde ikke ændret sig.

"Hvad er der galt?" sagde hun.

"Vi skal tale sammen."

Becky mærkede hendes mave svæve, men hun trådte til side for at lade Jack komme ind og tage sine våde støvler af.

Han gik ind i stuen og gned nervøst i armene, mens han ventede på, at Jack skulle give ham de dårlige nyheder, uanset hvad det var.

Så gik han ind i stuen, stadig med et alvorligt udtryk i sit udslidte ansigt.

"Giv os venligst en drink," sagde han.

Becky gik hen til spiritusvognen og skænkede to brandy.

Hans hånd rystede, da han rakte hende et af glassene, og han drak hurtigt sit.

Jack nærmede sig sofaen med sine sokker ret fugtige.

Billedet han gav sådan her var lidt komisk.

Hun ville have grinet, hvis det ikke var fordi øjeblikket var ret anspændt.

Han sad på kanten af sædet, uden at justere sig selv, uden at tage frakken af, da han forberedte sig på at bringe den dårlige nyhed.

Han tog en stor slurk brændevin, før han talte.

"Hun ved alt om os," sagde han efter at have sænket spiritussen med et sidste suk.

Becky mærkede, at hendes knæ blev svage, hendes hjerte løb.

Han skænkede sig endnu et glas brandy.

Han gik hen til sofaen foran Jack og satte sig.

"Som?" sagde han efter endnu en slurk af den varme væske.

"Jeg fortalte."

Becky rynkede panden.

"Har du fortalt ham det? Hvad fanden for?"

"Jeg kunne ikke holde det ud mere."

Becky rejste sig.

"Fortæl mig venligst, at du laver sjov, Jack."

Han rystede benægtende på hovedet.

"Hvorfor ville du fortælle din kone, at du er hende utro?"

Jack kiggede op fra under buskede øjenbryn, der fik ham til at ligne en drilsk hvalp.

"Jeg kunne ikke se, at hun var ligeglad og rolig, mens hun fortsatte med at skjule vores beskidte hemmelighed."

"Vores beskidte hemmelighed. Er det alt, hvad det er for ham?" tænkte Becky.

"Nå, hvad sagde hun?" sagde Becky og lod som om, hun ikke havde hørt den sidste kommentar, mens hun gik frem og tilbage gennem lokalet.

"Hun er villig til at give os en chance til. Hvis det her stopper."

Becky holdt op med at gå og så på Jacks ansigt.

"Nej? Mener du, at du og hende er sammen efter at have fortalt hende?"

Jack nikkede.

"Vil du bare efterlade mig sådan? Fordi hun siger det?"

"Hun er min kone."

"Og hvad var jeg?"

"Du ved, hvad det her var. Jeg fortalte dig, at jeg aldrig ville forlade min kone. Det var altid sex mellem dig og mig."

'Du ved, hvad det her var. Forbi. Det var allerede forbi i hans sind. Hvordan kunne han gøre det mod mig?'

Selvom han havde sagt, at han aldrig ville forlade Mary, troede Becky, at hun kunne overbevise ham om, at hun virkelig var den kvinde, han havde brug for.

Og sådan er det ikke?

Det virkede ikke.

Jack var færdig med sin drink og rejste sig for at gå.

Becky nærmede sig ham.

"Er det så alt?" sagde hun og gloede på ham. "Du taber det bare sådan på mig og går væk?"

Jack sukkede, mens han skubbede hende væk og gik ned ad gangen.

"Becky, jeg har børn," sagde han irriteret nu.

Åh, nej, han ville ikke komme ud af det her så let.

Før var det hele komplimenter og drillerier og erotiske beskeder, med masser af kys til sidst for at holde mig fortryllet.

Det er, hvad alle gør, for at få det, de vil have.

Så, når de har fået nok, bliver de defensive og forsøger at slippe af med dig.

Jacks sande ansigt viste sig nu.

Hun havde ikke været andet end et stykke kød for ham, en let fanden.

Et afskud.

En hore.

Det var den måde, mænd altid havde behandlet hende på. Jack ville ikke være anderledes.

" Hvad så? Mange mennesker bliver skilt i dag. Børnene kommer over det. De har stadig begge forældre," sagde hun koldt.

"De er drenge, Becky," fløj Jack. "De har brug for en familie. Sikkerhed. En far, der altid er i nærheden. Ikke en, der dukker op et par gange om ugen."

Hvad med mig? tænkte hun noget egoistisk.

Kvinden, der ikke kan få børn.

Kvinden, der altid og altid vil være permanent steril, ude af stand til at give en mand en familie.

Fænomenet.

Den sjældne.

Den, der kun er god til at have det sjovt, til at fucking.

Hvem ville virkelig elske hende?

"Jeg kommer til dit hus," truede han. "Jeg skal fortælle hende, hvad vi gjorde. Hvordan du tog mig til skoven i din bil og kneppede mig på bagsædet. Hvor hendes børn sidder hver dag på turen til skole. Hvordan du tog mig til den samme restaurant, hvor du friede til hende." Lad os se om hun ændrer mening så."

Jack vendte sig ind i døråbningen, og fingrene forlod hætten, han var ved at løfte over hovedet.

"Du vil ikke gøre det".

"Se på mig."

Becky så for første gang et blik i Jacks øjne, som hun havde set hos mange mænd før.

Afsky.

Hvad end de havde haft imellem sig, hvad hun end havde været for ham, var væk.

Hun vidste, at hun aldrig ville få det tilbage.

Hans overlæbe krøllede, da han trak hætten over hovedet og rakte ned for at få fat i sine støvler.

Becky mærkede varmen forsvinde fra hendes kød, den kolde fornemmelse af at blive efterladt vendte tilbage.

Opgivelse.

Hun havde følt det for mange gange før.

"Du kan ikke bare forlade mig, Jack," bønfaldt hun og mærkede den velkendte strøm af tårer komme fra hendes øjne.

"Det er slut," snerrede han med sin stemme tyk af vrede.

"Gør ikke det her mod mig, Jack. Vær venlig!"

Han knyttede snørebåndet på sin støvle og stod oprejst og så på hende fra under læ af hans hætte.

"Kom aldrig i nærheden af mig eller min familie igen. Hvis du gør det, ringer jeg til politiet."

Han løftede hånden og tabte sin nøgle på gulvet.

Nøglen havde hun givet ham i håbet om, at han ville se dette som sit sande hjem, det han til sidst ville komme til at bo i permanent.

Det var det sidste stik i hans hjerte.

Han trak døren og tog et hurtigt skridt mod haven.

Becky stod på måtten, hendes kinder skinnede af tårer i det skarpe lys fra stuen og så hans høje form gå gennem regnen.

Væk fra hende.

Tilbage til sin familie.

Ud af sit liv for altid.

KAPITEL II

Becky kiggede ind i hendes glas og mærkede hendes hoved snurre.

Whiskyen efterlod en sur, bitter smag på hans tunge.

Fingrene rystede over glasset, hun tog det op og kastede det mod pejsevæggen.

Det kolliderede med spejlet, hvilket fik glasskår til at eksplodere og derefter vælte ned på gulvet og det tykke tæppe.

Hun sprang op af sofaen og marcherede mod telefonen.

Tårerne væltede i hendes øjne, da hun tog fat i røret, men hun sagde til sig selv, at hun ikke ville græde mere.

Hun bed sig i læben og ringede bestemt op til nummeret.

Efter et par øjeblikke svarede en barsk mandsstemme.

"Hej?"

"Harry, det er Becky," sagde hun og kvælede sin berusethed med en fnys.

"Becky? Jesus, hvorfor ringer du lige nu? Klokken er to om morgenen."

"Jeg er ked af det. Det er bare... jeg har brug for at være sammen med nogen."

"Hvad? Lige nu?"

"Ja."

Han hørte et raslen i den anden ende af linjen, knitren fra Harrys cigarettørrede hals, da han bevægede sig rundt om sengen.

"Vækker du mig virkelig til sex midt om morgenen?"

Becky mærkede en knude i maven ved hans ord.

Hvad hvis hun ikke virkelig havde brug for nogen til at tilfredsstille sig selv?

Det var Harry dog ligeglad med.

Han var bare en typisk mand med kun én ting på hjertet.

Hun stoppede fristelsen til at eksplodere.

"Hvorfor ikke? Det er lige så god tid som nogen anden," sagde hun lidt ophidset.

"Jeg skal op klokken seks."

"Hvad så? Du kan sove i morgen nat. Og du går i det mindste tilfreds på arbejde i stedet for at gabe."

"Jeg er knust lige nu. Den eneste måde at lade være med at gå gabende på arbejde er at få et par timers søvn og ikke motionere."

Becky klemte sig frustration om læberne og greb hendes cigaretter, der var placeret ved siden af telefonen.

Han tændte en og tog et langt, dybt træk, og gned så sin tinding med tommelfingeren, mens han blæste den tykke røg ud.

"Jeg gør, hvad du vil," sagde hun, og nikotinen gav hende nok styrke til at prøve at forføre ham.

"Hvad?" sagde Harry.

"Jeg stikker min tunge op i din røv. Jeg spiser dig, som en mand spiser en kvinde."

Der var en pause, og han kunne mærke, at Harry tænkte i den anden ende.

Ikke mange kvinder var villige til at spise en mands røv, og Harry havde en særlig følsom anus, hendes tunge havde evnen til at få hele hans krop til at bøje sig og skrige på samme tid.

Det virkede dog som om han var rigtig træt i aften. Selv det var ikke nok til at friste ham.

"Åh, Becky. Kunne du ikke have ringet på et bedre tidspunkt?"

"Jeg tager min rem på. Jeg vil give dig et langt, hårdt fuck. Er det det, du vil have, Harry? A. Langt. Hårdt. Fuck."

Harry lød nervøs og ophidset, da han svarede.

Becky vidste, at hans pik var blevet stenhård under lagnerne på grund af hendes eksplicitte, modbydelige vrede.

Men uanset hvad jeg prøvede at friste ham med, så virkede han ikke som om han ville rokke sig.

"Undskyld, Becky. Jeg bliver nødt til at kigge forbi. Hvordan var fredag aften?"

Becky så askebægeret på sofabordet og slukkede sin cigaret.

"Du er ligesom alle mænd, ikke? Du tror, jeg kommer løbende, når du siger det. Nå, ved du hvad, Harry? Du kan kneppe dig selv. Det var din sidste chance, og du sprængte den bare."

"Hvad... Becky?"

"Hej, Harry. Dyb søvn, hvis du kan. For fanden!"

Han smækkede telefonen på røret.

Becky sad på sengen et øjeblik, hendes hjerte bankede, hendes blod kogte, en million forskellige tanker konkurrerede om forrang inde i hendes hoved.

Hvordan kunne de gøre dette mod ham?

Og igen.

Og hvorfor blev hun ved med at lade dem gøre det?

Falder i den samme gamle fælde igen og igen.

Hun vidste, hvad psykiatere ville sige.

Du værdsætter ikke dig selv nok.

Hvordan kan hun forvente at modtage respekt, når hun ikke engang respekterer sig selv?

Nå, det er nemt for dem at sige.

De vil gerne vide, hvordan det er at føle sig som en tøs, der lader mænd bruge sin krop som en beskidt klud.

En mor, der skulle kneppe sine kærester og efterlade sin datter alene derhjemme, kold og sulten uden nogen, der kunne elske hende.

En kvinde, der i årevis overbeviste hende om, at hendes far ikke elskede hende.

At han havde forladt dem på grund af ham.

Da sandheden var, at han forlod det skræmt af den underkastelse, han blev udsat for af hende og for rædselsslagen til at vende tilbage til hendes rædselsherredømme.

Becky begravede sit ansigt i sine hænder og lod tårerne flyde over hendes håndflader.

Du forlod mig, far.

Hvordan kunne du efterlade mig med den psyko tæve?

Hun satte sig op og tvang sig selv til at stoppe tårerne.

Tristhed blev til vrede som et tryk på en kontakt.

Hans far var en forbandet kujon.

Som alle mænd.

De gik kontrolleret af boldene, der svingede mellem deres ben, men de havde ikke modet til at bruge dem.

Kun en kvinde kunne gøre det.

Smerten var for meget.

Becky havde brug for sex.

Det var det eneste, der ville berolige hende.

Sex ville dulme den smerte, han følte indeni.

Smerte fra ikke at blive elsket og at blive afvist, hvilket fik hende til at føle sig som en beskidt og engangs hore.

I et par korte øjeblikke, et lidenskabeligt kys, en begærlig impuls, der ville bringe hende til orgasme, og hun ville føle sig helbredt.

Alt godt igen.

Elsket.

Det eneste problem var, at det var blevet en afhængighed.

Og når det hele var forbi, efter at mændene var gået og vendte tilbage til deres koner eller den næste kvinde, der var villig til at sprede sine ben, ville det mørke sted vende tilbage.

Indtil næste løsning.

Becky kunne ikke klare det mere.

Det var nok.

Denne gang skulle nogen betale.

KAPITEL III

Hævn er sød.

Eller det siger de.

Becky reflekterede over dette, mens hun børstede sit lange sorte hår i makeupspejlet.

Hun var nøgen bortset fra et par sorte trusser prydet med en lille rød sløjfe.

Hendes treogfyrre år gamle bryster var lige så faste som en kvindes ti år yngre.

Det var en af de positive sider ved ikke at kunne få børn.

Hun har bevaret sin figur og pragtfulde charme i længere tid.

Da børstens børster gled gennem hendes hår, oplevede hun en ro, hun ikke havde følt i årevis.

Endelig skabte noget i hende.

Han vil ikke længere være et offer.

Hun kæmpede.

Hun skulle være en kriger.

S valgte en pind af mørkerød læbestift fra sin makeup og påførte den forsigtigt på hendes læber, hvilket tilføjede en smule fylde ved at give en ekstra millimeter rundt om kanten.

Farven komplementerede hendes mørke hår og olivenhud og gav hende et let middelhavslook, der ikke kunne have været længere fra hendes britiske arv.

Hun måtte indrømme, at det så godt ud.

Hun havde måske lidt rasp i stemmen fra al rygningen og en lorte barndom, for ikke at tale om at drikke, men hun vidste, hvordan hun skulle møde op til sex.

Den evne havde hun lært af sin mor, og da hun indså, hvor hårde nordlige piger var, havde hun også lært at bruge den til sin fordel.

Sexede piger havde magt.

De kunne kontrollere mænd med deres kroppe, deres duft og et provokerende udseende.

Da Becky tænkte over det, indså hun, at det var det, der havde givet hende mulighed for at overleve i så mange år.

Han rejste sig og gik hen til spejlet i fuld længde.

Han bøjede hovedet til siden og skød over hendes bryster.

Hun buldrede med sine nymalede læber.

Ja, hun så godt nok ud til at spise noget appetitligt.

Og at spise dig også, tænkte han med et sensuelt grin.

På sengen lå en rød kjole.

Kort.

Meget provokerende.

Lav halsudskæring for at vise dine bryster.

Hun gled sine bare fødder ind i den og trak den op langs kroppen.

Hun kiggede i spejlet, vendte sig om og knappede ham op.

Hun beundrede det silkebløde stof, rynket ved hofterne, som fremhævede hendes typiske timeglasform.

Ved siden af døren stod en række højhælede sko.

Becky gik hen og lagde sine fødder ind i et rødt par.

Farven i aften var skarlagen.

Rød for blod og mord.

KAPITEL IV

Taxachaufføren standsede uden for klubben.

Becky bemærkede, at der var to udsmidere ved dørene.

Hun betalte taxachaufføren og trådte ud på gadelyset, mens den bløde luft rørte ved hendes bare skuldre, mens klubbens musik hamrede under hendes fødder.

Hun lukkede taxadøren og gik mod indgangen og lagde stroppen til sin lille røde taske over skulderen.

Meeting Place var en moderne herreklub, der var dukket op i byen for et par år siden.

Mænd i alle aldre kom der i deres mest trendy jakkesæt, blødende i flasker med aftershave og forsøgte at tiltrække de nordlige piger, der strømmede til deres duft som tæver i brunst.

Becky var ingen undtagelse.

Men i aften havde hun tankerne rettet mod én mand i særdeleshed.

Stedet var et sted af aktivitet, travlt for en midtugesaften.

En sangerinde optrådte på scenen i den ene side af lokalet, og baren på den anden var fyldt med ældre fyre krumbøjet over glas øl.

Mænd og kvinder sad i et stort område fyldt med borde i midten af lokalet og snakkede og kiggede mod scenen.

Becky gik hen til baren og kaldte på en smuk ung bartender med en enkes topfrisure.

"Er Ricky her i aften?" spurgte hun.

Tjeneren nikkede. "Tilbage."

Becky smilede og gik væk fra disken og bemærkede, at de ældre mænds øjne var flyttet fra deres drinks til hende.

Han sørgede for, at de havde et godt udsyn til hans bagside, da han forsvandt ned ad en gang, der førte til kontorerne bagved.

Ricky Morris var ejer af fem natklubber i Maine-området.

Han havde tjent sine penge på nogle risikable aftaler i halvfemserne og åbnede kæden af herreklubber, der var blevet et øjeblikkeligt hit hos nordens spøjse drenge.

Han var også kendt for at arbejde med strippere og prostituerede, forsyne dem med kunder og skære i deres overskud.

Becky mødte ham for to år siden ved lanceringen af *Lugar de Encuentro* .

Af alle de attraktive kvinder og smukke piger der den aften, var det hende, han havde henvendt sig til.

Måske genkendte han noget af sig selv i hende, et maskulint træk, der appellerede til hans ambitiøse og entreprenante natur.

En kvinde, der ikke ville bøje sig eller gnave over hans penge og gode udseende.

En kvinde, der ville spille hårdt for at få, hvad hun ville.

Becky bankede på hans dør, men ventede ikke på svar.

Da han trådte ind i rummet, så han et glimt af kød og lugtede den umiskendelige duft af sex.

En kvinde i midten af tyverne lå på skrivebordet, hendes bare bryster blottet gennem en kjole, der stadig var viklet om hendes talje.

Ricky kneppede hende fra stående stilling, sorte bukser om anklerne, sveden glimtede på hans barberede hoved.

Han drejede hovedet ved afbrydelsen.

"Fuck." Han trak sig væk fra kvinden og Becky så hans store pik, hævet af ophidselse, glat af kvindens juice.

Da han så, hvem der var kommet ind i rummet, sukkede han, bøjede sig og trak bukserne op.

Kvinden ved bordet dækkede sine bryster og forsøgte at skjule sin forlegenhed med et sensuelt grin.

Lille tøs, tænkte Becky og gik skamløst ind på kontoret.

Ricky spændte læderbæltet om livet, da han rystede på hovedet for at pigen skulle gå.

Mens hun stadig dækkede sine bryster, gled hun nænsomt ned fra bordet, greb sine højhælede sko og steg ud af rummet.

Ricky gik rundt om sit skrivebord og kiggede på Becky ud af øjenkrogen med rødt ansigt.

Han tog et lommetørklæde op af skjortelommen, tørrede panden og rakte ned i en skuffe for at hente et sølvcigaretetui.

"Hvad skylder jeg fornøjelsen?" sagde han, åbnede æsken og tog en farvet cigaret frem.

Han tilbød en til Becky.

Hun holdt øje med ham, da hun gik hen til skrivebordet og tog en af cigaretterne.

Det var skarlagenrødt.

" Tjekker du kvaliteten af varen igen?" sagde han og lagde den røde cigaret mellem sine læber.

Ricky kneb sine skarpe blå øjne, da han tændte sin cigaret og holdt derefter lighteren op for at tænde Beckys.

"Hvad er meningen med at afbryde mig, gå her uanmeldt?"

Becky inhalerede en smule af den tændte cigaret.

Hun drev røgen ud, der trak mod loftet i en tynd tråd.

"Jeg kan se, du har haft travlt på det seneste."

Hun kiggede ned i bordet med et smil.

De svedindtryk, hvor kvindens balder havde været, var stadig til stede på glassets overflade.

Ricky satte sig tungt ned.

Becky kunne næsten høre sit hjerte banke, og blodet pumpede stadig rundt i hendes krop fra den afbrudte sex-session.

Han studerede hende nysgerrigt.

"Du er færdig?"

Becky rystede på hovedet.

"Hvad så? Jeg bemærker noget andet ved dig."

Becky skubbede sit hår tilbage og så på den store akvarium, der glødede bag Rickys hoved.

Stor fisk i en meget lille dam, tænkte han skævt.

Han kunne have penge og magt over kvinder, men da han sad der i sin stol uden at ane, hvad der var ved at ske, var han lige så svag og patetisk som enhver anden mand.

"Det må vel være månedens vejr," sagde han tørt.

Han tog tasken af skulderen og lagde den forsigtigt på glasfladen på bordet.

Ricky så interesseret på hans bevægelser.

Hun gik rundt om skrivebordet og hvilede sine balder på dens hårde kant.

Ricky snurrede sin stol rundt, lænede sig tilbage og studerede hende.

"Du er i humør," sagde han forsigtigt.

"Hvornår er jeg ikke?" svarede hun.

Ricky smilede.

Han elskede det ved hende.

Den dristige og villige appetit på sex.

Især fra en kvinde.

Han fik ham hårdt på få sekunder. Becky ventede på at se hans pik vågne op igen, da hun bevægede sin krop for at vise sine bryster.

"Du er en hore," sagde Ricky. "Intet stopper dig, vel? Ikke engang sjuskede sekunder på en lille tøs."

"Hun var bare forretten. Jeg er hovedretten. Det rigtige køn."

Becky vandrede sin kjole op over hendes lår og gled sine fingre mellem hendes ben.

Hun havde taget sine trusser af, inden hun forlod huset, så han havde let adgang til de bare læber mellem hendes ben.

Han kiggede på Ricky og tog endnu et træk på cigaretten.

Den bule, der fortsatte med at vokse i hans bukser, fortalte hende, at han planlagde at være inde i hende på få sekunder.

Hendes fisse blev fugtet ved tanken, intensiveret af viden om, at denne gang ville tilfredsstillelsen være sødere end nogen anden.

Hun placerede sine hænder på glasoverfladen og efterlod klistrede aftryk af sin musky fisse og manøvrerede sig selv, indtil hun blev placeret direkte foran Ricky.

Hun placerede begge hæle på stolens arme og spredte sine ben for at give ham det fulde udsyn over, hvad der var mellem hendes ben.

Arousal blinkede gennem Rickys øjne, da han kiggede ned og så sliket gemt under den lille røde kjole.

"Hvad skal jeg med det?" sagde han sardonisk og løftede øjenbrynet.

Med albuerne på bordet lykkedes det stadig Becky at ryge, mens hun svarede med et lummert smil.

Målløs.

Ricky slukkede sin egen cigaret og knuste den skamløst på glasset.

Han trak vejret gennem næseborene, måske for at få en duftende smag af, hvad der skulle komme, og gennemblødte sine lange fingre foran sine smukke læber.

"Jeg skal spise dig, indtil din fisse drypper ind i min mund."

Becky mærkede hendes vulva prikke, da hun knyttede musklerne sammen.

Hun havde altid elsket en dreng, der kunne lide at spise fisse.

Ricky var glad for at mætte sit ansigt i hendes juice og lave ting med sin tunge, der ville sende ham et andet sted hen.

Det ville være den mest humane vej at gå, tænkte han.

En euforisk frygt.

Hans store hænder rørte ved hendes knæ, og han spredte hendes ben endnu længere.

Becky så på ham med dyster fascination og målte ophidselsen i hans stålsatte øjne.

Han slikkede legende sig om læberne.

Becky smilede bevidst.

Så, før hun kunne gøre noget andet, var hans hoved mellem hendes ben, og hans varme, våde tunge arbejdede sig ind i hende.

Beckys hoved faldt tilbage, mens hun gispede af fornøjelse.

"Åh, fanden."

Ricky bevægede glubsk sit hoved og slikkede hendes klæbrige kød.

Spis, smag, indånd dens moskusagtige lugt.

"Lækkert," hørte Becky ham sige med sin dybe Vermont-accent.

Der var ingen måde, han ville smage noget så lækkert som sin søde hævn, tænkte han.

Ricky lynede sine bukser op og trak sin pik ud og rykkede hende af med hurtige, hårde strøg med hans håndled.

Becky spekulerede kort på, om han foretrak hendes fisse frem for den, han havde været skide minutter før.

Så besluttede hun, at hun var ligeglad mere.

Alle mænd var lige.

Røvhuller, der misbruger ludere og sutter fisser. Selvom de havde evnen til at sende dig til steder, du aldrig vidste eksisterede.

Rickys tunge var guddommelig!

Becky kiggede ned og så den skinnende, runde hovedbund rejse sig og falde.

Dette var hans øjeblik.

Hun trak vejret og holdt en pause et øjeblik, førte derefter sine lår sammen i en hurtig bevægelse og låste Rickys hals mellem hendes ben.

Han blev kvalt og forsøgte at bevæge sig væk, men uden held.

Becky rakte ind i den røde pose og trak en kniv frem.

Hun tog fat i fæstet med begge hænder og hævede det over Rickys hoved.

Han fortsatte med at pludre og tog fat i hendes lår for at åbne dem.

Men hun kunne ikke gøre det.

Hun kunne ikke lade kniven falde på hendes hoved.

Nu hvor øjeblikket var her, virkede det ikke længere som en fantasi.

Det føltes som et mareridt.

Hun var ikke en morder.

Hun kunne ikke blive til noget, hun ikke var.

De havde dræbt hende indeni, og hun foragtede dem for det, men at drab koldt blod gjorde hende til noget andet.

Det gjorde hende mindre end dem.

Becky slap trykket fra hendes lår på Rickys hoved.

Han kom ud af fælden, pustende og gned sig i nakken.

"Skørt forbandet tæve," skreg han. "Hvad spiller du?"

Becky havde allerede gemt pistolen i sin pung, før Ricky spyttede sin vrede ud.

"Jeg tænkte, at du måske kunne tænke dig at prøve noget lidt groft," gispede han og gjorde sit bedste for at skjule frygten i stemmen.

Ricky skubbede sine ben fra hinanden og rejste sig.

"Jeg kunne ikke trække vejret!"

Becky pillede med sin kjole og rejste sig fra glasbordet.

Mens han stod, lagde han mærke til tvivlens udseende i Rickys øjne.

"Åh, kom nu," sagde hun. "Det var lidt sjovt."

Det lykkedes ham at bevare et smil, mens hans hjerte bankede hektisk inde i hans bryst.

Ricky sagde intet og søgte hans øjne efter en form for bedrag.

Han ville være den eneste, der ville have blod på hænderne, hvis han vidste, at hun havde planlagt at dræbe ham.

Becky gik hen mod ham og lænede sig tæt ind til hans ansigt.

Hun kyssede hans rødmende kind og efterlod hendes skarlagenrøde læbe præget på hans hud.

"Jeg har fået nok for i dag. Jeg går bedre," sagde hun.

Hun tog sin taske fra bordet og gik hen mod døren.

Hun kunne mærke Rickys øjne på hende.

Gennemtrængende.

Anklagende.

"Vent," sagde han.

Becky stoppede.

Hans hjerte frøs.

Han vendte sig langsomt om.

Rickys mørke kontur var omkranset af det klare skær fra akvariets vand, mens han ventede på, at hun skulle tale.

"Du vil have dine penge," sagde han.

Becky rynkede panden.

"Hvilke penge?"

"Jeg betaler altid mine yndlingspiger."

Becky studerede hans øjne.

Hvad lavede han?

"Du har aldrig gjort det før."

"Det er på tide, at jeg gør det."

Han greb et checkhæfte fra skrivebordet.

Han tog en kuglepen op af skjortelommen og skrev noget på den.

Da hun bragte den til Becky, mærkede hun, at den svie i nakken.

Ricky gav ham checken.

Becky tog den og så på beløbet.

Fyrre tusinde dollars.

Hun blegnede og kiggede vantro på Ricky.

"For tjenester på grund," sagde han.

Becky så tilbage på den stærke skikkelse.

Fyrre tusinde dollars.

Han ville betale sit realkreditlån.

Hun kunne få en ny bil.

Kom flydende.

Køb nyt tøj.

Designer sko.

Ricky smilede ikke, da han så hende studere checken.

Det blik, han gav hende, var bekymrende.

Becky så nervøst ind i sine stålblå øjne.

Han vidste, at hun havde forsøgt at dræbe ham.

Han betalte for det.

Tag pengene, lad mig være, kom ikke.

Hun ville ikke skuffe ham.

Han formåede et smil og vendte sig så for at forlade rummet, mens hans skælvende hånd stadig holdt sin nye formue.

BEDRE EN TREKANT

79

Vi tre puttede os på sofaen og så en kæk HBO-film.

Jeg var i midten og lænede mig op ad min kæreste, Peter, og hans bedste ven, Ricky, som lænede sig op ad den anden side af sofaen.

Peter vendte hovedet mod os og kom med en kommentar om, at han ikke ville have noget imod at gøre det, vi havde talt om tidligere.

Jeg stirrede på fjernsynet og så, hvordan en kvinde havde sin gang med to mænd.

Ricky flyttede sig lidt på sofaen.

"Ja, det ser ud til, at det kunne være sjovt." sagde jeg bare så på skærmen og grinede.

Det næste, jeg vidste, begyndte Peter at køre sine hænder langs mine sider og rakte ud efter bunden af min skjorte og rykkede i den.

Ricky kom lidt tættere på og begyndte at gnide mit ben, mens han så mig ind i øjnene.

Jeg følte, at hele min krop hoppede uden at bevæge sig.

Peter satte mig ned og tog min skjorte af, mine bryster hvilede i min sorte blonde-bh, brystvorterne hårde og skubbede mod stoffet.

Så pressede han sin krop mod min, slog sine arme om min ryg og med et svirp med sit håndled blev mine bryster frigivet.

Peter begyndte at sutte på mine bryster, mens Ricky gled sine hænder ned til knappen på mine shorts.

Jeg mærkede, at jeg blev våd, da Ricky knappede mine shorts op og trak dem ned ad mine hofter og ben.

Til hans overraskelse havde hun ikke trusser på.

Ricky slikkede sine læber og flyttede sit ansigt tættere på min våde fisse.

Jeg gispede, da jeg mærkede hans tunge trænge ind i mine læber og kærtegne min klit, hvilket fik Peter til at sutte mine brystvorter hårdere.

Jeg gled hans hænder ned til hans bukser og begyndte at arbejde på at tage dem af.

Jeg spredte mine ben endnu længere for at give Ricky lettere adgang.

Mit hjerte begyndte at løbe, da det, der skete, begyndte at sætte sig i mit hoved.

Mens Ricky sultent slikkede min gennemblødt våde fisse, tog han sine bukser af og trak sig modvilligt tilbage for at trække sin skjorte over hovedet.

Ricky begyndte så at trække i mine hofter, trak min røv til kanten af sofaen, han rejste sig, og jeg så hans hårde, dunkende pik lige før han pressede den mod mine læber og gned i længden af min hævede klit.

Da Peter rejste sig, tog han sin skjorte af og smed den til siden.

Så klatrede han op på sofaen, hans pik centimeter fra mit ansigt, og lagde et af hans ben over mine ben.

Jeg stønnede, da Ricky skubbede sin pik ind i min fisse, og fyldte mig helt.

Jeg strammede instinktivt grebet om hans lem.

Jeg stak min tunge ud og strøg den over spidsen af Peters store pik, lænede mit hoved fremad og viklede mine læber om det hævede hoved.

Peter lænede sig med den ene hånd mod væggen og gled den andens fingre ind i mit hår, mens jeg forsigtigt styrede mit hoved, mens jeg suttede hans pik.

Ricky kørte sine hænder op og ned ad mine sider og tog fat i mine hofter og holdt mig stille, mens han kneppede mig.

Mine støn var tabt i hans.

Jeg begyndte at vugge mine hofter mod Ricky, der sank hans dunkende pik dybere ned i min stramme våde fisse.

Jeg begyndte at spore indersiden af Peters lår, førte min hånd hen til hans spermfyldte kugler og begyndte at massere dem blidt og lod dem rulle i min lille hånd.

Jeg stønnede igen, min mund var helt fyldt med Peters pik.

Jeg kunne mærke hovedet på hans pik røre bagsiden af min hals og smage præcum på min tunge.

Peter lænede sig tilbage, hans pik stadig dunkende af mit hårde sug, og klatrede op af sofaen og tog min hånd i hans.

Jeg satte mig op og Ricky trak sin pik ud af min ophidsede fisse.

Peter tog mig med til soveværelset, satte sig på sengen, tog fat i mine slanke hofter og vendte mig om.

Ricky stod foran mig og strøg sin hårde pik, mens Peter spredte mine røv kinder.

Ricky tog så fat i mine hofter og hjalp mig med at balancere, mens han hjalp med at placere Peters pik foran mit stramme lille hul.

Mine knæ pressede sig mod mine bryster, da jeg mærkede Peters våde pik presse mod min stramme røv.

Jeg stønnede, da hans pik langsomt trængte ind i min røv.

Ricky skubbede min overkrop tilbage og gled sin pik tilbage i min fisse.

Lænende tilbage, med mine arme støttende mig, min røv og fisse fyldt med pik, stønnede jeg højlydt og bed min underlæbe.

Smerten og glæden fra den dobbelte penetration var næsten for meget at håndtere.

Peter gled sin otte tommer pik dybt ind i min røv, fyldte den helt og begyndte så at bevæge sine hofter.

Hans hænder rundt om mit bryst masserer mine bryster.

Ricky pumpede rasende ind i min varme, våde fisse.

Hans vejrtrækning blev anstrengt, og hans hænder på mine hofter holdt mig på plads.

Jeg knugede mig stramt om begge deres pik og mærkede mit eget klimaks begynde at bygge.

Peters pik svulmede inde i min røv, da jeg klemte, og han begyndte at kneppe mig hurtigere, mens han stønnede.

Ricky lukkede øjnene og begyndte at mærke den velkendte varme på hans pik, mens han støt pumpede den ind i min fisse.

Jeg stønnede med næsten hvert åndedrag og ville mærke dem eksplodere indeni mig.

Jeg klemte hårdere.

Peters krop begyndte at ryste under mig, da hans pik eksploderede og fyldte min røv med hans tykke sperm.

Hendes støn blandede sig med Rickys og mine.

Han slog sine arme stramt om mit bryst, da hans klimaks nåede sit højdepunkt, og pumpede hans pik i sprøjt ind og ud af min stramme røv.

Da Peter kom i min røv, mærkede jeg mit eget klimaks begynde at gøre min krop spændt og min fisse trække sig sammen omkring Rickys cumfyldte pik.

Jeg begyndte at bevæge mine hofter i rytme med Rickys bevægelser, og ville gerne komme rundt om hans pik.

Jeg kastede hovedet tilbage og stønnede så højt, at jeg næsten skreg, mens jeg nåede klimaks , med en pik i hvert hul.

Ricky kunne ikke holde sig tilbage længere, han slap løs og fyldte min fisse med sprøjt af hans sperm.

Vi rystede begge, vores slag blev langsommere og vores støn blev blødere, vores klimaks aftog.

Ricky lænede sig frem, kyssede mig blidt og smilede, mens han trak sin pik ud af min fisse og hjalp mig op af sengen.

Peter rejste sig hurtigt, stillede sig bag mig, slog sine arme om min talje og kyssede min kind.

Han sagde mellem grinene:

"Ja, det var faktisk sjovt... "

ENDE